Enrabiados

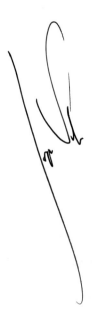

VOCES / LITERATURA

COLECCIÓN VOCES / LITERATURA 341

Nuestro fondo editorial en www.paginasdeespuma.com

Jorge Volpi, *Enrabiados*
Primera edición: marzo de 2023

ISBN: 978-84-8393-331-2
Depósito legal: M-3195-2023
IBIC: FYB

© Jorge Volpi, 2023
© De esta portada, maqueta y edición: Editorial Páginas de Espuma, S. L., 2023

Editorial Páginas de Espuma
Madera 3, 1.º izquierda
28004 Madrid

Teléfono: 91 522 72 51
Correo electrónico: info@paginasdeespuma.com

Impresión: Cofás

Impreso en España - Printed in Spain

Jorge Volpi

Enrabiados

PÁGINAS DE ESPUMA

ÍNDICE

Para Violeta y Rodrigo

Ira furor brevis est.

Horacio

IRREVERSIBILIDAD

ARMIN ZORN-HASSAN, físico, médico y filósofo germano-mexicano, especialista en complejidad e irreversibilidad, pasó a mejor vida en su casa de la Ciudad de México
el 3 de septiembre de 2021, a los setenta y dos años de
edad, ¿a mejor vida?, qué expresión más ridícula, después
de la vida no hay vida, menos una vida mejor –a menos
que el abono se considere un salto evolutivo–, le ofrezco
una disculpa, profesor, la tristeza me impide cazar los virus
del lenguaje, usted me habría vapuleado, qué pendejo, Cris,
pendejo entre los pendejos y mira que abundan los pendejos en nuestro mundito académico, un doctor es un pendejo
salvo prueba en contrario, y sus ojos azulísimos, tan Zorn,
se habrían entreabierto en las valvas de sus párpados, lo
lamento, profesor, intento de nuevo: Armin Zorn-Hassan,
¿o debería escribir el Dr. Armin Zorn-Hassan?, ¿o Armin
Zorn-Hassan, *Ph. D.*?, no, usted desdeñaba los anglicismos,
además su doctorado, sin sumar sus *honoris causa*, lo ob-

tuvo en Europa, ¿*Herr* Doktor Armin Zorn-Hassan?, ¿*professeur docteur* Armin Zorn-Hassan?, en los buenos tiempos mi gracejada habría merecido un reglazo o de plano un coscorrón, como aquella tarde en Copenhague, ¿la recuerda, profesor?, después del paseo por el Faelledparken y el Palacio Real: no es un reproche póstumo, profesor, mire, ya logré escribir póstumo a pesar de la tristeza, voy de nuevo: el doctor Armin Zorn-Hassan, físico, médico y filósofo, ¿resumiré su vida en esta tríada?, ¿es posible condensar una carrera, y sobre todo una tan excepcional como la suya, en un párrafo testarudo y solipsista o en los seis mil caracteres que me confiaron en el sitio web del Instituto para este elogio fúnebre?, ¿qué es un obituario sino una mistificación y un abalorio?, no tenía demasiadas opciones, profesor, desde su entierro aguardaba que el director del Instituto me propusiese la tarea, ¿quién mejor que tú, Cris?, me escupió el mentecato, nadie conoce mejor el pensamiento del doctor Zorn, fuiste su alumno, su asistente, su colega, su –dudó– su fiel amigo, al final ya solo tú lo veías, tengo entendido que eras el único visitante en la casona de Santa María la Ribera, dicen que para entonces ya era una ruina, así dijo el payaso, profesor, me vi obligado a rebatirlo, no, no, no, doctor Espíndola-González (no iba a llamarlo Espátula-Gusano, el apodo que usted le adhirió y todos en el Instituto repetíamos por lo bajo), Armin, quiero decir el doctor Zorn, en los últimos tiempos no veía a nadie y, desde que se desató la pandemia, a nadie nadie, ni siquiera a su encantadora sobrina, la coreógrafa feminista, apenas en julio desoí sus negativas y me apersoné en su portón, él no arrimó siquiera la cortinilla y me abandonó a la intemperie, ensopado, después apenas me lo topaba en zoom, tres o cuatro veces a lo sumo, para él la pandemia fue un milagro, el pretexto ideal para no salir a la calle y vetar la entrada a su guarida, ni su sobrina ni yo conseguimos derribar esa barrera, se encerró a cal y canto con Atila, el chihuahua que sustituyó al difunto Gengis, no se imagina su gesto cuando el rector anunció que se suspendían las clases, conferencias, seminarios y laboratorios, Armin, quiero decir el doctor Zorn, gozó como un escuincle que se va de pinta, se había salido con la suya, la complejidad que tanto había estudiado le retribuía con el desorden global y el confinamiento, ya ves lo que pasa por explotar las selvas vírgenes y empanzonarnos con armadillos y murciélagos, no pude rechazar la tarea, cuente conmigo, doctor Espíndola-González, le dije a Espátula-Gusano, prometo enviárselo en semana y media, el *deadline* que me concedió el majadero, semana y media para concentrar en seis mil caracteres su legado, profesor, por fortuna ya tenía unas cuantas notas, no piense mal, lo que menos deseaba era su muerte, pero en clase usted siempre nos instó a anticipar el futuro aun si el futuro es inconcebible, en los últimos tiempos me permití trascribir aquí y allá fragmentos de nuestras conversaciones, como Boswell con el doctor Johnson, ahora las retomo y las ordeno, extiendo frente a mí esos mapas del tesoro, reliquias de tantas veladas frente a nuestros cortaditos y nuestras galletas holandesas, ya, ya, vuelvo a la tarea: el doctor Armin Zorn-Hassan, físico, médico, filósofo germano-mexicano, demasiadas vidas en una sola vida, profesor, ¿por dónde empezar?, ¿por dónde lo habría hecho usted?, en las fichas biográficas que me dictaba para toda suerte de asuntos oficiales, premios, becas, comités, trámites administrativos y bancarios, usted insistía en que yo colocara, entre paréntesis, Wolfburg, 1949, y yo, confiado y obediente, nunca infringí sus instrucciones, las cuales ahora me obligarían a colocar, entre paréntesis, Wolfburg, 1949-Ciudad de México, 2021, solo que antier, al fondo del cajón que desatranqué en su mesa de trabajo, hallé una mohosa acta de nacimiento que contradice su historia oficial, pues establece que usted, Armin Zorn Fernández –el Hassan no figura por ningún lado–, nació en Boca del Río, Veracruz, el 10 de julio de 1948, bastante lejos de Wolfsburg, y un año antes de 1949, mire nada más, ¿qué debo hacer entonces, profesor?, dígame, ¿ser más amigo de Platón o de la verdad?, me adelanto a su respuesta, al idealista usted lo despreciaba, no tanto como a Sócrates, pero casi casi, un timorato apenas menos nauseabundo que Rousseau, cómo nos tronchábamos en clase cuando usted repetía eso de nauseabundo, a la mera hora el profesor no es tan mamón como creíamos, ¿me debería decantar por la verdad?, ¿valerme de este obituario para demoler la estatua de sí mismo que usted se esmeró en modelar y sostener que no nació donde dijo y no tenía la edad que se jactaba de tener?, no se inquiete, profesor, me conoce, no es el primer secreto que le guardo, lo que me intriga es la razón del maquillaje, su padre, don Jakob Zorn, fue quien vio la luz en Wolfsburg (lo he constatado en otros documentos), no lejos de Gotinga ni de las sombras de Lichtenberg, Gauss, los hermanos Grimm, Hilbert, Heisenberg, Born, Szilárd, Teller y Von Neumann, un pueblecillo sin interés, soso y nada pintoresco según Google Maps, cuyo único mérito es hallarse a escasos kilómetros de su gloriosa vecina, ¿habrá realizado usted la permuta por coquetería?, suena mejor Wolfsburg que Boca del Río, sin duda, mejor la Ciudad del Lobo que la desembocadura del Pánuco, ¿o debería sumergirme en pantanos psicoanalíticos para hallar una explicación más satisfactoria?, ¿introducir aquí al insaciable Freud (otro adjetivo suyo) para detectar una pulsión escondida?, ¿presuponer que usted ansiaba suplantar a su padre, a ese hombre con quien rompió a los quince?, no se apure, profesor, le prometí no abrir aquí sus arcones, empiezo de nuevo: el doctor Armin Zorn-Hassan (Wolfsburg-1949-Ciudad de México, 2021), físico, médico y filósofo germano-mexicano, vaya, físico –los matemáticos nos consideramos sin falta superiores–, no deja de chirriarme que usted haya iniciado su camino con esos seres pacatos y neuróticos en las aulas de la Facultad de Ciencias, greñudos que casi sin excepción terminaron como profesores de secundaria o medrando en fondos de inversión, tan patético un final como el otro, alguna vez se lo pregunté, profesor Zorn, ¿por qué física?, usted me endilgó dos babosos chascarrillos: ¿sabe por qué Heisenberg murió virgen?, porque cuando encontraba la posición no hallaba el momento y cuando hallaba el momento no encontraba la posición, jajajá, o: ¿por qué un fotón no puede hacer una pizza?, pues porque no tiene masa, jajá, qué manera de escurrir el bulto, sospecho que la física también tuvo que ver con su padre, ¿no es cierto?, antiguo simpatizante de los rojos, próspero empresario y ateo recalcitrante, exiliado en México desde 1950, se comportaba con su familia como si sus órdenes fueran tan inamovibles como las leyes de la física, imagino que usted se descubrió en Ciencias siguiendo su dictado, el problema fue que su padre, con el perdón, se quedó atrapado en la física clásica, al lado de Newton, Lavoisier y Gauss, convencido de que las condiciones iniciales de un sistema bastan para calcular su devenir, si esto empieza aquí y aquí y aquí, sin duda terminará acá y acá y acá, qué sencillez y qué claridad, así funcionaron las cosas por siglos de determinismo, imaginar, por ejemplo, que si uno estudia física terminará convertido en físico o que, si uno inicia un obituario, acabará por lamentar la muerte del biografiado, ¿quién iba a explicarle a don Jakob que, al menos desde Einstein, aunque a Einstein tampoco aprobara la catástrofe, la física se había desviado de esa senda, desvaneciendo la ilusión de orden e instaurando el caos, la imposibilidad de saber qué va a ocurrir *después* aun conociendo el *antes*, y la incapacidad de prever, de otra manera que no sea probabilística, el futuro?, pero esa turbulencia fue justo lo que a usted le apasionó en Ciencias, ese desperfecto o ese virus que llevaba décadas infiltrándose en la disciplina, volviéndola más viscosa y menos autoritaria, supongo que, en la UNAM del sesenta y siete, la Facultad no era un dechado de modernidad, con su claustro de dinosaurios y antiguallas, incluso así usted distinguió el espíritu de su tiempo mientras sus compañeros se aprestaban a perderlo en la bacanal que estaba a punto de precipitarse, a diferencia de la mayor parte de sus compañeros, a usted la política le tenía sin cuidado, sus ojos solo se endulzaban con cifras y guarismos, teoremas y vectores, símbolos antitéticos a las siglas de la política, PRI, PCM, CNH, CIA, FSTSE, CNED, PPS, PARM, PAN, FNET y quién sabe cuántas combinaciones más, a usted no le gustaban los líos, allá sus compañeros si querían extraviarse en vías revolucionarias, allá sus profesores si se obstinaban en acompañarlos, allá el rector si se sumaba a sus demandas, usted lo que quería era que lo dejaran en paz con sus libros y diagramas, sus cálculos y sus derivadas, sin alborotos ni marchas ni plantones, sin milicos tampoco, la física como remanso o como limbo, sus compañeros lo tildaban de tibio cuando no de esquirol o de chivato, aunque lo dejaban a su bola, usted

era el matadito que nunca levanta la vista de sus fórmulas
mientras ellos abandonaban lápices, calculadoras y cuadernos para manifestarse un día sí y otro también, qué
desgaste y qué despiste, qué derroche de energía y, sin
embargo, usted tampoco dejó de analizar las turbulencias
de aquel año, testigo de la maraña política que se tejía y
destejía, con sus compañeros como cobayas de un experi-
mento cuyos protocolos ni siquiera comprendían, cada vez
más achispados en una reacción que no podría frenarse,
catalizada por los granaderos, a más protestas más tranca-
zos, en una espiral que no iba a concluir con el triunfo de
los jóvenes, jamás en el gorilato de esa época, sino con una
represión mayor a cualquiera vista en esos años de plomo,
usted presentía la sangre derramada, el sacrificio, la tragedia, aunque se cuidaba de compartir su opinión ni siquiera
con Natalia, esa muchachita de rasgos achinados, estudiante de matemáticas, de quien usted estuvo por unas semanas
infatuado, se limitaba a temer lo peor y a esperar con los
dedos cruzados que sus cálculos fallaran, por desgracia el
Batallón Olimpia le dio la razón, al final ocurrió lo que
temía, muertos y heridos y encarcelados y desaparecidos,
e incluso usted, sin deberla ni temerla, terminó día y medio
en Tlaxcoaque con la nariz partida de un trolazo solo porque un granadero lo confundió a la salida del metro Tax-
queña con no sé qué líder del Consejo Nacional de Huelga,
usted, que no era capaz de matar una mosca, durmió esa
noche en un separo, sobándose la nariz y el ego entre car-
teristas y maleantes, no fue sino hasta la mañana siguiente
cuando don Jakob, a quien los abogados y policías llama-
ban don Jacobo, lo sacó de allí pagando una mordida, sospecho que al enterarse algo se le rompió adentro además
de la nariz, la convicción de que podía permanecer al mar-

gen del mundo, de que podía construir una vida apacible
lejos de la política, de que podía permanecer a salvo en el
oasis de la ciencia, no, debió decirse usted al salir del separo del brazo de ese padre con quien apenas se hablaba,
nadie está a salvo en este puto país de mierda, a la postre
no hubo ninguna liberación de presos ni se derogó ningún
artículo del código penal, nadie pagó por los cadáveres, las
Olimpíadas se celebraron sin incidentes y la universidad
regresó a clases al año siguiente, las mismas aburridas ma-
terias de costumbre, más lúgubres que antes, con la única
diferencia de los pupitres vacíos, las sillas desocupadas,
todo lo demás como si nada, el aire turbio y mortecino, las
lecciones transcurrían bajo una tolvanera con sus compañeros en chirona, los maestros calladitos, a usted de pronto ya nada parecía importarle, perdió el interés por Natalia
y por el género humano, asistía a las aulas por inercia,
hasta que, preocupado por la depresión de su vástago, don
Jakob dispuso un nuevo salvamento y, ateo *deus ex machi-
na*, le financió una estancia fuera del país, el viejo estaba
inquieto, él, que había simpatizado con los revoltosos por
su pasado de exiliado y militante, él, que sabía lo que era
una dictadura porque había huido de la más atroz de la
historia, primero a España y luego a México, le dijo esto
se va a poner color de hormiga, Armin, mejor poner pies
en polvorosa y, en contra de los deseos de doña Jacinta,
usted marchó al exilio académico a Toulouse, donde continuó sus estudios de física sin jugarse el físico, pésimo
chiste, profesor, una disculpa, bajo la tutela del gran Se-
mión Petrachevski, el matemático ruso, Medalla Fields
1987, quien a la larga habría de convertirse en su mentor,
el hombre destinado no solo a trastocar sus ideas, sino su
vida entera, profesor, pero antes de desviarme hacia esa

porción fundamental de su itinerario y glosar sus años en
Toulouse, debo preguntarle si aquel incidente, su día y
medio en la cárcel con el tabique partido de un trolazo, fue
más importante de lo que usted admitió, si en ese acto
gratuito y brutal se halla en el origen de su nueva actitud
vital, de ese carácter, ¿cómo definirlo?, ¿brutal, irreprimi-
ble, sardónico, feroz?, que conservó hasta su muerte, me
pregunto si aquel tabique desviado y aquella velada fueron
el sedimento de su desencanto vital, si ese incidente fue la
semilla de su cólera, ¿de ahí viene su encabronamiento con
el mundo?, perdone la vulgaridad, profesor, si algo lo de-
finía era su pelea con el género humano y con el cosmos,
quienquiera que lo haya tratado en las últimas décadas
coincidirá conmigo, no se lo reprocho, solo lo describo, allí
están los miles de trinos, 154 248, los he sumado, que con-
firman esta apreciación, he pensado si sería factible crear
un programa para medir el nivel de furia en cada uno, un
encabronamientómetro, diríamos, un baremo para clasificar sus invectivas, una forma de analizar, clasificar y pre-
servar para la posteridad esos millares de trinos contra todo
y contra todos, contra la izquierda y la derecha, contra la
ultraizquierda y la ultraderecha, contra el centroderecha y
el centroizquierda y el centro centro, contra los comunistas
y los socialdemócratas, contra los liberales y los neolibe-
rales, contra los progresistas y los conservadores, contra
el presidente y sus adversarios, contra la oposición y sus
aliados, contra los fifís y los chairos, contra los funcionarios públicos y los funcionarios universitarios, contra sus
colegas de la Facultad de Medicina y del Instituto de Investigaciones Biomédicas, contra sus discípulos de Filosofía y Letras, de Ciencias y de Medicina, contra el rector
y su círculo y sus predecesores, contra sus antiguos maes-

tros y sus nuevos estudiantes, contra los matemáticos y los
físicos, contra los médicos y los biólogos, contra los na-
cionalistas y los universalistas, contra los filósofos y los
historiadores, contra los idealistas y los realistas, contra
los aristotélicos y los platónicos, contra las feministas y
sus críticos, contra los ecologistas y los capitalistas, contra
los veganos y los vegetarianos y los carnívoros, contra los in-
digenistas y los europeizantes, contra los migrantes y los
xenófobos, contra su cada vez más numerosa legión de
enemigos y contra sus cada vez más escasos simpatizantes,
contra sus familiares mexicanos y españoles, con la solitaria excepción de su sobrina, la deliciosa coreógrafa feminista, y contra todas las religiones, salvo el judaísmo
que adoptó en sus años postreros, y sí, también, con una
saña inédita y espectacular, contra mí, su Cris, su alumno,
su adláter, su asistente, su confidente, su manitas, su milu-
sos y hoy biógrafo, ¿quién iba a decir que el principal culpable de esa marea de insultos, ataques, filípicas, sátiras,
burlas, regaños, reprimendas, mofas, sarcasmos, pitorreos
y sermones cotidianos fui yo mismo?, ¿recuerda, profesor,
aquella mañana de octubre de 2010, cuando se me ocurrió
mencionarle por primera vez la nueva red social?, nos ha-
llábamos en su despacho del Instituto, usted repantingado
en su sillón de cuero, yo asumiendo su reprimenda por no
sé qué estupidez, cuando, para airear un poco la charla, le
hablé del pajarraco azul, usted reaccionó con su habitual
menosprecio, hasta entonces se presentaba como un de-
fensor de la cultura del papel frente a las mamarrachadas
digitales, cualquier innovación tecnológica le parecía un
retroceso, yo no insistí y usted retomó el rapapolvo por mi
falta o mi descuido, a la mañana siguiente me citó en su
despacho y, como quien no quiere la cosa, me preguntó

cómo diantres funcionaba eso del pajarraco azul, me sorprendió enseñarle algo a usted y no a la inversa, desplacé mi silla hacia su lado del escritorio, extraje el celular de mi morral, tecleé la contraseña, abrí mi cuenta y empecé mi explicación, que usted interrumpía con preguntas cada vez menos desdeñosas, ¿ciento veinte caracteres?, sí, profesor, ¿solo ciento veinte?, pues sí, ¿no se pueden más?, bueno, si se le acaban, puede escribir otros ciento veinte en un nuevo trino engarzado con el anterior, mire, así, lo vi ensimismado y ausente, si bueno y breve dos veces bueno, exclamó usted al cabo de unos segundos e inició una perorata sobre la historia y práctica del aforismo desde los griegos, de Heráclito a Cioran, pasando por Lichtenberg, Nietzsche, Wittgenstein y Gómez Dávila, y sus ojos azulísimos, del mismo color del pajarraco, estallaron como fuegos artificiales, usted atisbaba ya las posibilidades que se le abrían, compartir con millones de lectores las maldades, así las denominaba para disminuir su perversidad, que solía pronunciar en privado, sobre todo ante mi muda presencia de escribano, con la emoción ni siquiera me di cuenta de que, al revelarle los entresijos de la nueva red, yo mismo me degradaba a un papel todavía más insignificante a su lado, replicar y ponerle un corazoncito a cada una de sus mordacidades mientras usted acumulaba seguidores a velocidad supersónica, déjeme contarle que en las semanas posteriores a su muerte me he dedicado a recopilar sus trinos, quiero decir sus aforismos, consciente de que ese material no debería perderse en el ciberespacio, de modo que he regresado, como si fuera posible torcer la flecha del tiempo, al primero de todos, tras abrir su cuenta –la primera, después vendrían otras con distintos seudónimos–, a la que usted denominó *soldadoiracundo* en un juego de pala-

bras que muy pocos captaron, me hizo teclear aquella frase que definiría su estilo futuro y ya sabemos, con Bouffon,
que el estilo es el hombre mismo, *a partir de hoy voy a
escribir aquí lo que me salga de los güevos y si no les
gusta pueden irse directito a la chingada*, sin duda no la
más sutil de sus contribuciones, en cambio sí una poética
que usted ya no abandonaría nunca, ni siquiera el día de
su muerte, profesor, cuando alcanzó a teclear en su viejo
iPhone 5, *pinche cabrón*, apenas doce caracteres, su epi-
tafio, una enigmática frasecita que despertaría un sinfín de
rumores y teorías de la conspiración, estoy convencido,
profesor, que esos miles de aforismos constituyen una porción crucial de su legado y ya he llenado varias solicitudes
para obtener una beca de alguna institución extranjera, pues
dudo que el doctor Espátula-Gusano me apruebe otro emo-
lumento en el Instituto, más allá de sus memorables libros
y artículos académicos, estoy convencido de que en sus
trinos, quiero decir sus aforismos, se halla uno de los pi-
votes de su obra y la mejor aproximación a su ética, un
condensado de sus preocupaciones intelectuales, incluso
diría emocionales, esas pataletas son más que chispazos
de humor retorcido, un testimonio único de nuestra modernidad digital en donde usted pone en práctica las más
sutiles variedades de la rabia, ni más ni menos que de la
rabia, profesor, esa enfermedad a la cual usted dedicó su
tesis de grado para obtener el título de médico cirujano
partero, le confieso mi sorpresa cuando reparé que este
había sido su tema de estudio, una tesis sobre la rabia, qué
estrambótico y a la vez qué natural y qué coherente, tan
Zorn, cuando usted aparcó por una temporada la teoría del
caos que frecuentaba desde Toulouse bajo la guía de Petrachevski, y tras el paréntesis de Pamplona, no le quedó

otro remedio que volver a México con el rabo entre las patas y, al no hallar cobijo en ninguna institución, pues sus envidiosos excompañeros le cerraron las puertas del Instituto, usted huyó hacia adelante y se sumergió en un nuevo campo, a los treinta, con un doctorado y una estimable producción científica a cuestas en Estados Unidos y Europa, tuvo el coraje de empezar de nuevo y se inscribió en Medicina con la idea de aplicar los principios de la complejidad y la irreversibilidad a esta disciplina, pasó seis años de vuelta en la universidad, rodeado de muchachitos diez años menores, sorteando necropsias, lecciones de anatomía y abominables prácticas clínicas, por no mencionar la suficiencia de los cirujanos, esos carniceros, diría usted, para concentrarse en otro misterio, el cuerpo humano, al final de ese periodo, para asombro de su preceptor, consagró su tesis al estudio de la rabia, qué le sucede a nuestro organismo cuando se infecta con este virus perteneciente a la familia *Rhabdoviridae*, el *Lyssavirus* tipo 1, ese bicho medio vivo y medio muerto, de entre 130 y 240 nanómetros, capaz de infectar a todos los mamíferos, ¿pueden enfermar de rabia una ballena o un delfín?, transmitido mediante el contacto con las mucosas o la saliva del animal infectado, o incluso, como se ha documentado en las cuevas de murciélagos enfermos, por una descarga de aerosol –como el Sars-Cov-2–, en su disertación usted afirma que, una vez contraído, el virus se manifiesta durante un periodo prodrómico de dos a diez días, caracterizado por síntomas poco específicos, cefalea y malestar general, seguido por dificultad para deglutir, alucinaciones, hidrofobia y crisis convulsivas, llegado a este estadio el pronóstico se torna poco alentador, la encefalitis tumba al noventa y nueve por ciento de los pacientes en un lapso de entre una semana y un año, en la fase final el sujeto sufre diplopía, parálisis y disfagia y al final cae en coma y fallece a causa de la apnea, horroroso final, morir ahogado en el propio vómito o boqueando como pez, la literatura clínica apenas reporta un puñado de supervivientes, siete afortunados en todo el mundo que, tras semanas o meses en coma, resucitaron como lázaros, al repasar estas historias, profesor, no deja de venirme a la mente la imagen de un mastín o un bulterrier con las fauces espumosas y los ojos sanguinolentos, una fiera tremebunda, dispuesta a destrozar a dentelladas a quien se le ponga enfrente, incluso a su propio amo, y también me recuerda una película que vi de niño, no me viene a la memoria el título, quizás usted la haya visto, pasaba en Australia o en otro páramo lejano, allí viven aislados un padre con su hijo o hija, una mañana el padre es mordido por una rata del desierto y, como no hay medicinas ni nada qué hacer en ese lugar y el padre sabe que en algún momento querrá morder a su hijo o hija, se encadena del tobillo mientras su vástago se marcha en busca de ayuda, al final no sé qué ocurre, profesor, cómo me impactó la escena de ese padre abandonado, a punto de convertirse en una bestia sarnosa, con el sol tostándole la cerviz, un padre transformado en una criatura ávida de carne, como personaje de *The Walking Dead*, una de mis series favoritas, otra de esas no tan delicadas analogías de nuestro tiempo, la rabia, en fin, profesor, otra de sus grandes preocupaciones, ¿qué mejor metáfora para describir nuestro presente y a usted mismo?, ¿qué mejor manera de abordar esa otra rabia que no es física, sino verbal y mental, que a diario invade nuestros cerebros?, ¿ese virus que toma posesión de nuestras neuronas y nuestras almas, esa rabia que, convertida en trino, quiero decir en aforismo, transmuta en zombis a millones de personas?, no sé hasta dónde se da cuenta de la paradoja de que usted, uno de los mayores expertos mundiales en la rabia, se metamorfosease en un animal rabioso en las redes, que un médico humanista, consagrado a buscar tratamientos para esta enfermedad, la transmitiese a través de sus palabras, una vida doble, a la vez un científico y un rufián de cantina, el Dr. Jeckyll y Mr. Hyde, profesor, esa mañana de octubre de 2010, a escasos segundos de plasmar su primer trino, quiero decir su primer aforismo, usted ya había recibido media docena de corazoncitos y en escasos minutos contaba ya con doce seguidores, sus apóstoles, los cuales no dudaron en replicarlo, yo no entendía, qué llevaba a esos anónimos habitantes de las redes a reiterar los exabruptos de un desconocido, a imitarlo como simios, a perder su tiempo y su energía, como si no hubiera nada mejor qué hacer, alimentando la ira pública, en cambio usted de inmediato desentrañó el fenómeno, su curiosidad lo llevó a adentrase en la estructura de las redes, se convirtió en un avezado explorador que, como Darwin al estudiar los pinzones en las Galápagos, le permitió concluir que el pajarraco azul se rige por las leyes de la evolución, por unas leyes de la evolución exacerbadas, donde la selección natural opera en un ecosistema hiperviolento, donde los recursos, la atención de los otros, resultan escasísimos y donde se impone batirse a muerte para medrar y sobrevivir, usted captó muy bien que quienes entran en ese reino viven obsesionados con la búsqueda de corazones y réplicas y que, en su afán por conseguirlos, extreman los insultos y se lanzan en frases cada vez más crueles para seducir a sus compinches digitales, las redes sociales son el viejo oeste, allí solo sobreviven los más aptos, y los más aptos son sin excepción los más brutales y los más exhibicionistas y los más ingeniosos y los más desocupados y los más despiadados y los más hipócritas y los más cínicos, cuyo número de seguidores aumenta a un ritmo estratosférico en tanto los bienintencionados, los mansos y los débiles se extinguen en un santiamén, usted captó ese universo tenebroso, profesor, y, una vez familiarizado con sus algoritmos, lo utilizó en su provecho, consciente de que el objetivo del sistema no consiste en suplantar a la arena pública o alentar un nuevo concierto de voces frente a las caducas autoridades analógicas, el argumento de sus inversionistas, sino animar un espacio donde todos los humanos, sin distinción de nacionalidad, sexo, edad o ideología, descargamos nuestro veneno, nuestra santa rabia, con total impunidad, un sitio donde nos convertimos en caníbales, como el padre de la película, criaturas solitarias compitiendo unas contra otras, dedicadas a desgarrarnos mientras sus dueños esquilman nuestros datos, nuestros secretos y nuestras personalidades para venderlas al mejor postor, multimillonarios de la peor calaña, esos que tienen la conciencia tranquila, usted muy pronto reparó en la engañifa, mientras yo asumía que el dominio del pajarraco azul era un entretenimiento, usted avizoró lo que sucedía tras bambalinas y usó ese conocimiento en su provecho, asumiéndose como uno de sus más tenaces practicantes, porque, a ver, profesor, en el universo analógico usted no era más que un excéntrico académico, célebre por sus malas pulgas, un sabio loco que en el mejor de los casos divertía a sus colegas con sus majaderías y en el peor incitaba su conmiseración, en cambio allí, en el entorno digital que sus huestes conquistaban día con día, usted ocupaba un lugar de privilegio, gurú y modelo para los 765 230 seguidores que sumaba su cuenta principal al momento de su muerte, más los millones que seguían sus cuentas paralelas, celebremos, profesor, que, en vez del anónimo sepulcro que le estaba reservado, su actividad en línea le permita hoy disfrutar de esta fama póstuma, como émulo del Cid continúa ganando batallas cibernéticas desde el inframundo o desde la Gehenna, allí sus palabras han encontrado una segunda existencia post-mórtem, permítame que le pregunte entonces, profesor, ¿le complacería que su carrera virtual figure en su obituario?, ¿que su recorrido en redes encuentre un espacio en mi elogio fúnebre?, a ver cómo le suena: el doctor Armin Zorn-Hassan (Wolfsburg-1949-Ciudad de México, 2021), físico, médico y filósofo germano-mexicano, y quien consiguió una gran notoriedad en redes sociales, ¿qué opina?, sigo adelante y repaso algunas de sus posiciones filosóficas que, al menos en los últimos tiempos, fueron asimismo religiosas, a mí, que tuve dos padres guanajuatenses a cuestas, siempre me impresionó que usted creciera en un hogar ateo, donde el descreimiento de su padre se extendía a sus demás miembros –doña Jacinta conservaba su devoción a buen resguardo–, según me relató usted en alguna sobremesa, don Jakob pertenecía a una familia de judíos asimilados, de esas que durante las postrimerías del siglo XIX y principios del XX ascendieron en la escala social del Imperio austrohúngaro adoptando su cultura y sus modales, incluido el bautismo, una invitación a Schönbrunn bien vale una misa, o, como su abuelo, se apartaron de la fe y abrazaron el progreso, herramienta fundamental para mantener a flote los telares que su familia conservó cerca de Linz hasta el ascenso del nazismo, sus abuelos comulgaban más con Marx que con Herzel y no fue sino hasta 1933 cuando, más previsores que la mayoría, se mudaron a una casita en el extrarradio de París y en 1940, ante el avance alemán, peregrinaron a Perpiñán y por fin a Menorca, un limbo pacífico y modesto, no tan distinto a Wolfsburg, donde los Zorn prosperaron con una nueva hilandería, al llegar allí Jakob ya era un chamaco chulesco y peleonero que jamás se adaptó a la gazmoñería franquista, a los diecisiete puso pies en polvorosa y, arrimado a los últimos simpatizantes de la República que se embarcaban hacia México, recaló en Veracruz, para más señas, en Boca del Río, junto con Jacinta Fernández, la huérfana que había seducido en el buque y a quien dejó preñada en altamar con su primogénito, es decir con usted, el pequeño Armin, es decir, el futuro doctor Zorn-Hassan, tras una breve estancia en Boca del Río y, gracias a la ayuda de no sé qué parientes de su madre, la familia se mudó a Córdoba, donde Jakob inició su carrera mexicana vendiendo enciclopedias, se adueñó de un español perfecto, apenas se le notaban las erres, lo cual pronto le permitió cambiar de giro hacia las herramientas de labranza y al cabo a la importación de tractores, con sus primeros ahorros la familia se asentó en la Ciudad de México, donde su padre estableció su nueva compañía, Importaciones Zorn, S.A. de C.V., en la vieja calle de la Moneda, en pleno centro, a unas cuadras de Palacio, para entonces usted había cumplido ocho años, en la capital doña Jacinta dio a luz a su segundo hijo, Felipín, y los cuatro se instalaron en una residencia estilo colonial californiano en la calle de Sacramento, en la del Valle, provista con un frondoso jardín, cuatro habitaciones, un patio, un inmenso Impala azul metálico y un discreto afgano, las relaciones entre usted y su padre siempre fueron tensas, don Jakob, a quien todo el mundo conocía ya como don Jacobo, lo inscribió en una escuela privada que le recomendó uno de sus socios, el único inconveniente, que pasó por alto, era que la gestionaban lasallistas, su padre pensó que la educación que hasta entonces les había proporcionado bastaría para vacunar a sus hijos contra la religión, un error monumental, asumir que el radicalismo que les había transmitido les serviría como escudo sin adivinar que, si todos los hijos son rebeldes, usted también iba a serlo, y mire cuánto, solo que su rebeldía no iba a parecerse a la de sus compañeros, mientras ellos, imbuidos por el espíritu de los sesenta, incordiaban a sus padres con sus melenas y su *rock'n'roll*, usted se convirtió en un chico modelo que no probaba el alcohol ni las drogas, como si los lasallistas le hubieran transmitido el virus de la culpa, usted fue un estudiante de diez, pacato y aburrido, lo cual sacaba de quicio a don Jakob, él había soñado con un aventurero y en su lugar había prohijado al ñoño más ñoño del planeta, alguien que se encaminaba a convertirse en un ciudadano de primera, por fortuna Felipín, su hermano menor, superó con creces las expectativas paternas, a la larga él sí encarnaría al típico rompecorazones, no concluiría ni la prepa, se embarcaría en una colección de empresas fracasadas, probaría cuanto estupefaciente se distribuyera en el mercado, se inscribiría en un sinfín de terapias de desintoxicación y se haría devoto del psicoanálisis y el yoga, el hijo caótico y desmadroso que ningún padre habría deseado, excepto el suyo, profesor, don Jakob a usted apenas lo toleraba, en cambio Felipín era la niña de sus ojos, Felipín por aquí, Felipín por allá, qué extrañas las afinidades electivas, usted desarrolló un resentimiento hacia uno y hacia otro, incapaz de comprender cómo un padre preferiría a un perfecto inútil que jamás lograría hacerse cargo de sí mismo y decepcionarse en cambio con su primogénito, quien solo obtenía menciones honoríficas, cómo un padre podía pasar por alto las borracheras, los pasones, las orgías, los hurtos y los desmanes de uno de sus hijos, incluso cuando chocó su adorado Impala o dejó embarazadas a dos de sus novias, y decepcionarse con la perfección del otro, no pretendo psicoanalizarlo, profesor, jamás me atrevería, pero, ¿hasta dónde la fe que usted recuperó a los cincuenta, ese judaísmo ortodoxo y militante, no fue un ajuste de cuentas con su padre?, al buscar su imagen en Google usted aparece sin falta con su kipá, siempre respetó el Sabbath y, hasta la pandemia, acudía sin falta a la sinagoga de la Condesa, oraba y mantenía los preceptos talmúdicos aunque, eso sí, sin mantener contacto con sus correligionarios, ¿no era esa parafernalia, profesor, sumada a su imagen de sabio medieval, una anacrónica rebelión contra don Jakob, ese judío renegado, apóstata y laico que jamás lo amó o por lo menos nunca como a Felipín?, ¿no exhibe esa afanosa e histriónica búsqueda de YHWH la necesidad de encontrar al único padre capaz de suplantar al todopoderoso don Jakob?, no se ofenda, profesor, no busco incomodarlo, sé que me escudo en su muerte para formularle estas preguntas, me aprovecho de esta circunstancia para equilibrar nuestras posiciones, para igualarnos un poquito, para, digamos, mantener una conversación inter pares en vez de escuchar dócilmente sus discursos, dígame, profesor, ¿hay algo de cierto en esta interpretación?, a mí su religiosidad judía, teniendo en cuenta el antecedente de Pamplona, es el dato que menos me cuadra en su carrera, imaginarlo recogido y obediente, balanceando la testuz y repitiendo aquellas oraciones en hebreo se me torna inverosímil, su fe, que sin duda respeto, me parece el punto más enigmático de su biografía, si no me cree, compruébelo usted mismo: el doctor Armin Zorn-Hassan (Wolfsburg-1949-Ciudad de México, 2021), físico, médico y filósofo, apreciado miembro de la comunidad judía-mexicana y quien consiguió gran notoriedad en redes sociales, ¿cómo le suena?, o mejor así: el doctor Armin Zorn-Hassan (Wolfsburg-1949-Ciudad de México, 2021), físico, médico y filósofo judío-mexicano, y quien consiguió gran notoriedad en redes sociales, ¿no advierte cierta disonancia?, ¿se puede ser un creyente y un científico de primer orden?, es una pregunta sincera, profesor, durante años me pareció un oxímoron, si la ciencia consiste en dudar sin tregua y la fe en no dudar nunca, ¿cómo conciliar una cosa y otra?, en sus libros no he hallado una respuesta, es como si su obra científica, consagrada a la complejidad y la irreversibilidad, y su obra filosófica, centrada en la libertad individual y nuestra relación con el tiempo, hubiesen sido escritas por personas distintas o una partida por la mitad, autor de libros que se contradicen tanto como las invectivas que vertía por la mañana contra el presidente y por la tarde, con los mismos argumentos, contra la oposición, ¿puro cinismo?, ¿o algo más escabroso?, no sé, profesor, usted no era ni escéptico ni anarquista, ni relativista ni iconoclasta, me da la impresión de que, ante el desorden y el desequilibrio que lo ocupaban como científico y lo sumían en una honda angustia existencial, ante la incertidumbre cuántica y la incompletitud matemática, la tiranía de los genes y la profusión de los fractales, en resumen, ante la falta de verdades absolutas en la ciencia, usted requería un cortafuegos, una armadura contra ese padre que había renegado de su propia fe a quien tanto acabó por parecerse, sé cuánto va a incomodarlo esta conclusión, profesor, usted se obstinó en diferenciarse de él y acabó por replicarlo, véalo usted mismo, tras la picadura de abeja que aniquiló a su hermano –¿por qué, sabiéndose alérgico, se metió cn una rosaleda?–, don Jakob se encerró en sí mismo, rompió con sus amigos y compadres y socios y media parentela y, durante el año y medio que sobrevivió, no hizo otra cosa que rumiar en su otomana, mustio y alelado frente a las telenovelas a todo volumen que ni siquiera veía, mascando las papillas que le preparaba doña Jacinta, esta imagen, profesor, la del anciano deprimido y colérico, enclaustrado a cal y canto en una casa que se cae a pedacitos, es idéntica a la de usted en sus últimos años, ¿se da cuenta?, igual que él, se regodeó en la melancolía y el rencor, dejó de ocuparse de la casona de Santa María, que empezó a desmoronarse devorada por el salitre, llena de esas manchas de moho que invadieron la cocina y del baño mientras usted seguía atenazado, con la sensación de haber sufrido una injusticia, furioso ante el olvido de sus contemporáneos –ningún premio, ningún reconocimiento a su valía–, al tiempo que un sinfín de escuincles medio imbéciles eran endiosados como genios, en sus últimos días era un monumento al resentimiento, jamás pensé verlo así, profesor, jamás creí que se asumiría como víctima, una noción que siempre le repugnó a pesar de lo ocurrido en Pamplona, sé que me hizo jurar que jamás repetiría lo que me contó sobre Pamplona y yo le aseguro que, en la versión final de este obituario, no detallaré ese episodio aun si estoy convencido de que Pamplona esconde otra clave de su itinerario que usted me relató en un breve desbordamiento de confianza por más que por la mañana usted quisiera desdecirse, olvida todo, Cris, me gritó, y no se te ocurra repetirlo, si alguien llega a enterarse, Cris, te juro por mis ancestros que te arranco las tripas, nunca lo había escuchado así, tan fuera de sus casillas, yo estaba acostumbrado a sus insultos y sus motes, ladilla, gusano, cucaracha, estorbo, lamprea, alimaña, hiena, pronunciados con ese tonito que los tornaba aún más hirientes, jamás lo había sentido tan exaltado y vulnerable, su descontrol no se parecía a la ira que destilaba en sus aforismos, esta era en cambio una emoción auténtica, profesor, por eso valoré tanto su confesión y me sentí tan próximo a usted, imaginé que a partir de entonces nuestra relación daría un vuelco, que al fin se tendería entre nosotros algo más cercano al respeto que a la servidumbre, ocurrió justo lo contrario, usted se encerró todavía más, después de esa noche el desequilibrio se volvió más evidente, usted cerró aquella puerta y no volvió a admitirme en sus dominios, no se imagina cuánto padecí esa ruptura, por meses me torturé cavilando sobre qué había hecho mal, tal vez no había valorado la dimensión de sus palabras o no había reaccionado como usted esperaba, tal vez no había sido lo bastante comprensivo, no tenía forma de saberlo, usted se hizo de hielo, arrepentido de su franqueza, no me quedó sino aceptar su distancia, aun así haré honor a mi palabra, profesor, y me limitaré a bordear los sucesos de Pamplona, ese año y medio que no figurará en este obituario, esa etapa censurada por usted mismo, esa elipsis que se tiende entre el día que usted abandonó Francia hasta su vuelta a México, fue allí, en Toulouse, a la par de sus lecciones con Petrachevski, o más bien a espaldas de su mentor, donde usted trabó contacto con una cofradía de seminaristas mexicanos, ellos detonaron su crisis interna, no me queda sino adivinar qué lo llevó a apartarse de la física, donde era uno de los alumnos más aventajados del futuro ganador de la Medalla Fields y donde le aguardaba un puesto en cualquier universidad de Europa o Estados Unidos, para largarse ni más ni menos que a España, a la España de Franco de la que habían escapado sus abuelos y sus padres, a fin de insertarse en la órbita del Opus Dei, ¿lo llevó allí la sobrecogedora vastedad del universo?, ¿sus teorías sobre el tiempo y el espacio?, sospecho que observar de frente el cosmos y darse cuenta de que resultaba imposible plantearse preguntas legítimas sobre su origen, sobre qué había antes del Big Bang, lo orillaron a buscar respuestas en otra parte, en la fe de esos muchachos mexicanos exiliados en Toulouse y en Pamplona que mitigaban su ansiedad con los dogmas de la Iglesia, la infalibilidad del papa y las enseñanzas de monseñor Josemaría, usted tenía veinticuatro años cuando, a la salida de su clase, entró por primera vez en aquel convento tolosano y se descubrió perplejo ante la serenidad de aquellos chicos, ante su calma y su sosiego mientras a usted la falta de certezas lo incendiaba, de buenas a primeras acudió a los almuerzos que organizaban los domingos al acabar la misa de doce, en vez de quebrarse la cabeza con dilemas cuánticos, ellos convivían en una paz o una iluminación que a usted lo descolocaban, para usted el catolicismo fue siempre un enigma, la inaprensible religión de sus maestros lasallistas, en cambio ahora le fascinaban aquellos rituales, ese dios que se divide en tres y envía a uno de sus avatares a la Tierra para que los humanos lo torturen y así purgar sus pecados, de pronto usted no podía dejar de pensar en esa pandilla de jóvenes castos y hermosos y, contra todo pronóstico, sin informarle de su decisión ni a la universidad ni a Petrachevski, abandonó Francia, se instaló en una residencia de numerarios en Pamplona, qué cambio, profesor, y qué trastorno, no me lo imagino en ese sitio, usted me obliga a hacer un circunloquio, a omitir cualquier referencia a lo ocurrido en esa residencia del Opus con aquellos seminaristas mexicanos, cuando usted me lo contó esa noche no fue del todo claro, asumo que presenció cosas terribles sin llegar a padecerlas, que fue testigo de algo y que ese algo lo marcó de por vida, no diré más, le prometí borrar cualquier insinuación, lo que pasó allí sacudió su carrera, profesor, le hizo romper con el catolicismo y lo alejó aún más del ateísmo de don Jakob, a quien no visitó ni siquiera en su lecho de muerte y lo orilló a volver a México, no ya como un respetado doctor en Física por la Universidad Toulouse-Jean Jaurès, alumno dilecto de Petrachevski, sino como un *outsider* que no tuvo otra opción que reinventarse en la medicina, qué historia más extravagante, profesor, cuántas vueltas y saltos, el ateísmo de don Jakob y su reinvención del judaísmo, sus maestros lasallistas y los seminaristas de Pamplona, la física y la medicina, la religión y la ciencia, la academia y las redes, la serenidad y la furia, todo entreverado en una trama invisible –pienso en los telares de sus abuelos en Wolfsburg y Menorca–, ¿cómo quiere usted que, en un obituario de seis mil caracteres, acomode tanta revoltura?, ¿alguien sería capaz de darle sentido a sus vaivenes?, releer sus textos académicos me ha supuesto un inmenso desafío, profesor, pero incluso en ellos descubro cierta aura autobiográfica, bosquejos que tal vez permitan entrever su personalidad y sus pantanos, en sus aproximaciones iniciales a los modelos disipativos, todavía demasiado cerca de las directrices de su mentor, usted analizó los tornados, esas estructuras que parecen abocadas al desorden que dan lugar a un orden nuevo, resulta apasionante leer cómo describe los sistemas no lineales y cómo en ellos surgen fenómenos de fluctuación, bifurcación y autoorganización, las bases de la vida, ¿cómo no distinguir aquí una

metáfora, profesor, referida a usted mismo?, ¿de ese orden
que surge a partir del caos y de cómo, para conseguir un
equilibrio estacionario –otra expresión de Petrachevski–,
los sistemas complejos, como nosotros, necesitamos una
cíclica incorporación de energía?, esa energía que, estoy
tentado a recordárselo, usted le chupaba a los demás, en
particular a sus sucesivos asistentes –ninguno le aguantó
el paso– y, durante los once últimos años, a mí, profesor,
reconozca que sin mis contribuciones, sin cada uno de los
problemas que le resolvía a diario, de las compras al pago
de impuestos y facturas, de la clasificación de libros y
revistas a la corrección de sus escritos, de la verificación
de fórmulas a desempolvar sus archiveros, regar las plan-
tas, dividir la basura y lavarle la vajilla, usted jamás habría
podido alcanzar el equilibrio necesario para consagrarse a
la ciencia, no le lanzo otro reproche, profesor, créame, nada
me hace sentir más orgulloso que haberlo ayudado, yo sé
bien que sin mi apoyo sus últimos tratados no habrían visto la luz, que sin mi devoción se habría dejado vencer por
la depresión y la abulia, ese es mi consuelo, aunque un
gracias, Cris, solo eso, profesor, un puto gracias, habría
bastado para aligerar mi carga, para estimularme un poco,
para que yo no lamentase haber abandonado mis propios
proyectos, por fútiles que fueran, para que dejase de añorar
a mis padres en Guanajuato y apaciguar, en fin, mis propios
demonios, pero no, profesor, usted jamás iba a rebajarse, en
fin, regreso a este obituario, me toca hablar del conjunto de
artículos que dedicó a la irreversibilidad y la flecha del tiempo, textos en los que aplica las ideas de Petrachevski sobre
la tercera ley de la termodinámica a los organismos complejos, demostrando que cierta energía se disipa sin remedio
debido a la fracción y las colisiones intramoleculares, lo cual

impide que estos se reconstituyan, ideas que, otra vez con un tinte autobiográfico, revelan su inquietud ante la decadencia, la enfermedad y la muerte, y las taras que ya lo rozaban, y a la imposibilidad de revertir la flecha del tiempo, no hay modo de rejuvenecer o nacer de nuevo, de regresar a ese buque de trasterrados en Boca del Río o a esa choza en San Felipe Torres Mochas con una humilde partera, a su infancia en Córdoba y en la Del Valle o a la mía entre burros, borregos y matas de alfalfa, a su juventud con los lasallistas y a la mía en una secundaria técnica sin agua potable, a la UNAM y a la Universidad de Guanajuato, a su sacudida en el sesenta y ocho y a mi migración a Tláhuac en el 2000, a sus años en Toulouse y Pamplona y a los míos entre peseros y el tren ligero, a su regreso a México y sus estudios sobre la rabia y a mi nada memorable paso por la Facultad de Ciencias, al momento en que usted me dio clase por primera vez y a la mañana en que me convertí en su asistente, nada de eso regresará, profesor, no hay forma de construir un túnel del tiempo, la mayor de nuestras entelequias, nuestra degradación es irremediable y, si no hay vuelta en u, si no hay retorno, ¿qué habrá de consolarnos?, ¿un obituario de seis mil palabras?, vamos de nuevo, profesor: el doctor Armin Zorn-Hassan (Wolfsburg-1949-Ciudad de México, 2021), físico, médico y filósofo judío-mexicano, y quien consiguió gran notoriedad en redes, murió en su casa de la Ciudad de México, ¿no cree que falta algo esencial, algo que cualquier obituario incluiría?, la parte donde se dice fulanito o fulanita deja una viuda o un viudo, o un hijo o dos o tres, ese párrafo que se echará de menos en el suyo, profesor, a menos que escriba: dejó a su fiel chihuahua Atila, no, profesor, sería patético, hasta ahora he expuesto cada ángulo de su carrera con la sola excepción de su vida personal, ¿esa porción debe quedar fuera de unas páginas como estas?, ¿nada qué añadir sobre su corazón y sus razones?, ¿han de sepultarse como los sucesos de Pamplona?, ¿qué diablos es una vida sin esa parte de la vida?, lo comprendo, profesor, adivino cuán difícil debió ser para usted apartarse de la tentación, frenar sus inclinaciones, bloquear o paralizar o inmovilizar cualquier deseo, imagino que luego de Pamplona quedó escarmentado, que lo asediaba la culpa, supongo que, tal vez a su regreso a México, mientras se acomodaba en Medicina y en la casona de la Santa María, usted debió decirse no, algo así de drástico, una renuncia y un hasta aquí, un nunca más, entiendo su decisión, pero usted también debería aceptar, profesor, desde su tumba, que semejante prohibición era inhumana, si algo no se puede prever es que una pequeña interacción, una causa mínima, puede perturbar todo un sistema –yo mismo, por ejemplo–, darle un vuelco y trastocar su equilibrio, sé que este es su obituario, profesor, y yo mismo no debería entrometerme, aun así debo hablarle un poco de mí, no serán más que unos minutos, no merezco más que una nota al pie en su biografía, sin la cual jamás concluiremos este último proyecto que nos une, ¿le parece?, en cualquier caso no va a quedarle más remedio, profesor, esta vez tendrá que oírme: Cristóbal López López (San Felipe Torres Mochas, 1989), ¿empiezo así?, a usted le encantaba mofarse de mi lugar de nacimiento, deslizando el manido chistecito sobre la mochez de mi propia torre, otro de esos chascarrillos que repetía hasta el cansancio cada vez que se dignaba presentarme, mi asistente, Cris, ¿a que no imaginan dónde nació?, ¿por qué no les cuentas, Cris?, y ahí va de nuevo, torre mocha, pues sí, profesor, yo no voy a cambiar mi origen por Estocolmo o Helsinki o

Luxemburgo, no soy ese tipo de persona, pasé en Guanajuato mi niñez y adolescencia al lado de cuatro hermanos –¿sabía usted que tengo cuatro hermanos?–, mi padre era alfarero y mi madre ama de casa, se partieron el lomo para que yo estudiara en la capital del estado con una beca del gobierno, empecé a trabajar a los quince, sin padrinos ni mecenas, concluí mis estudios y pude inscribirme en el posgrado de la UNAM, donde me topé con usted, como ya le dije, era uno de mis héroes intelectuales, sus libros científicos –entonces no tenía noticias de los religiosos– me habían impulsado y animado, anhelaba ser como usted, profesor, soñaba con una carrera como la suya, un escritorio en algún centro de investigación y un sueldo decoroso para cubrir las deudas de mis padres, esas eran mis expectativas y, para alguien de mi medio, eran una auténtica proeza, no iba mal encaminado, profesor, casi diría lo contrario, por las madrugadas diseñaba programas informáticos para una empresa de hostelería y pasaba el resto de la jornada en mis clases, nunca me quejé, hasta que lo conocí a usted, profesor, ese día me asomé a su aula, me senté en mi pupitre y aguardé su entrada triunfal, esos pasitos de baile delante del pizarrón, no era usted como los otros maestros, me pareció una fuerza de la naturaleza, una estrella de masa gigantesca de la cual no podía apartarme, la timidez me impidió hablarle y no fue sino hasta el fin del curso, usted no me concedió más que un pobre siete, cuando le agradecí lo aprendido aquellos meses, usted depositó sus ojos azulísimos en la negrura de los míos y me preguntó si querría convertirme en su asistente, el que tenía hasta entonces –un malnacido, me dijo–, acababa de dejarlo, ¿su asistente?, ¿asistente del doctor Armin Zorn-Hassan?, de seguro había compañeros con mayores méritos, a quienes usted había otorgado ochos o nueves (los dieces estaban reservados a YHWH), no me atreví a preguntarle: ¿por qué yo, maestro?, y me limité a agachar la cabeza, mi rasgo más característico, usted me condujo a su despacho, me entregó unas fórmulas y me pidió resolverlas, fue casi amable o por lo menos no soez e impositivo, me sentía en los cielos, profesor, concluí mi tarea, usted la revisó y dio su aprobación, había pasado el examen, te veo mañana al mediodía, Cristóbal, me dijo, tardaría en llamarme Cris, a partir de ese anuncio inicié mi nueva rutina, visitarlo en su despacho, sentarme en mi sillita y acometer las misiones que me confería, una esclavitud que tardé en nombrar, me sentía halagado con sus regaños y sus burlas, soy el asistente del doctor Zorn-Hassan, le presumía a mis compañeros y a Ernesto, mi compañero de esa época, él me quería con locura y yo lo amaba como a nadie, sí, ese Ernesto a quien usted me impulsó a echar de casa porque me distraía de mis tareas, ese Ernesto a quien hoy ansiaría pedirle perdón y a quien le rogaría que volviese, entonces me pareció lo correcto, debía concentrarme en usted, profesor, reservarle toda mi energía, debía ser infalible y cumplir cada uno de sus caprichos y exigencias, volverme invisible para que usted reluciera al doble, opacarme para que usted resplandeciera, le juro que por años no me importó, profesor, era una oportunidad única y la valoraba como un premio, convencido de que poco a poco se tendería entre nosotros una relación especial, no la del empleador con el empleado o la del explotador con el explotado, sino una intimidad –jamás me atreví a llamarla amistad– construida entre su despacho y a la casona de Santa María, donde seguía trabajando de sol a sol y donde empecé a disfrutar, si no de su atención o su cariño, de algunos momentos de delicadeza, como cuando, al final de la jornada, usted me invitaba un expreso y me ofrecía alguna de sus galletas holandesas mientras conversábamos, bueno, conversar sería demasiado decir, mientras lo escuchaba discernir sobre mil temas, yo celebraba sus anécdotas, sus ocurrencias y sus chistes, me enteraba de los chismorreos del Instituto y me convertía, si no en su interlocutor, en testigo de sus pensamientos, le confieso, profesor, que nunca perdí las esperanzas, al despertar siempre me llenaba de optimismo, hoy será el día en que al fin el profesor Zorn me mire, me decía, así justificaba su displicencia, un sabio tenía derecho a ser arisco pero yo agrietaría sus muros, de veras lo creía, profesor, y en cada signo, una media sonrisa, un guiño inesperado, una palmadita en la espalda, la asombrosa ocasión en que depositó su mano sobre la mía, en cada muestra de complicidad advertía su transformación futura, un anhelo que se vio recompensado aquella noche cuando, luego de los cafés y las galletas, usted sirvió unos vasitos de jerez y, tras varios rodeos, me contó de Pamplona, se lo he dicho, profesor, fue uno de los instantes más emocionantes de mi vida, bajo la afanosa luz de sus candiles detecté una lágrima en su mejilla, una perla que habría recogido con un pañuelo, ahora dudo si fue una ilusión derivada del alcohol y la penumbra, me acerque a usted, de puntillas, como gato escaldado, para estrecharlo entre mis brazos, recuerdo mis dedos en su hombro, su cogote, su respiración entrecortada, mi cuerpo henchido y el suyo en ristre, apenas unos instantes, profesor, unos segundos en que nos miramos, en que de veras nos miramos, el azul y el negro unidos, luego usted se apartó, me ordenó levantar la botella y las copas, me apresuré hacia la cocina y, mientras enjuagaba la loza, dejé escapar unas cuantas lágrimas, cuando regresé al salón para despedirme usted ya se había desvanecido, de pronto allí, a solas en sus dominios, pensé y pensé y pensé y no me atreví a más, recogí mi morral y me escurrí hacia la calle, caminé bajo la ventisca y tomé un taxi, no pegué el ojo, encandilado con la perspectiva de volver a verlo, ya sabemos lo que pasó después, profesor, usted me pendejeó como nunca y jamás volvió a tolerar mi cercanía, continué peregrinando a su casa, desaparecieron los cafecitos y las galletas, trabajo y más trabajo y al atardecer ni siquiera un adiós, Cris, o un hasta luego, Cris, nada, hasta que sobrevino la pandemia, profesor, y tuvo el pretexto ideal para espaciar y al fin prohibir mis visitas, eres bien pendejo, Cris, y de seguro vas a contagiarme, resolveríamos los asuntos pendientes por teléfono o por zoom, en la pantalla apenas me dirigía la palabra, solía apagar la cámara y yo me resigné a recibir sus reprimendas de esa planicie negra, año y medio en esta tónica, profesor, sin entender, sin aceptar, encerrado en mi cubil de cuarenta metros en la Doctores, no sé cuántos meses sufrí aquel vacío, cuatro o cinco, hasta esa noche en que, mientras yo veía la enésima repetición de *Walking Dead*, su nombre titiló en mi celular, doctor Zorn-Hassan, doctor Zorn-Hassan, como un corazón herido, ¿por qué me llamaba a deshoras?, tardé en reaccionar, deslicé mi huella y escuché su voz, o algo parecido a su voz, un eco, un carraspeo, sílabas como gravilla entre las manos, ayuda, Cris, solo esas sílabas cada vez más lentas, cada vez más torpes, ayuda, Cris, y luego unos últimos fonemas, Cris, por favor, la única vez que me pidió algo por favor, y luego nada, ni siquiera ese borboteo, solo silencio, profesor, ¿comprende por qué no pude moverme de mi sitio?, ¿por qué no me precipité a localizar un taxi?, ¿por qué no tecleé su dirección en Uber?, ¿por qué no

marqué el número de emergencias o de la policía, la Cruz
Roja o los bomberos?, ¿por qué no salté de mi cama ni me
vestí a toda prisa ni corrí hacia la Santa María?, ¿por qué
apagué la tele, me arrebujé en el edredón, cerré los ojos y
por primera vez en meses dormí como un ángel, profesor?,
empiezo, pues, de nuevo: el cadáver del doctor Armin
Zorn-Hassan (Wolfsburg-1949-Ciudad de México, 2021),
físico, médico y filósofo judío-mexicano, especialista en
complejidad e irreversibilidad, y quien consiguió una gran
notoriedad en redes sociales, fue descubierto por la policía
en su casa de Santa María la Ribera tres días después de
atragantarse con una galleta holandesa cuando una de sus
vecinas denunció el hedor que brotaba desde su ventana

FATALIDAD

1

Yocasta

solo ha tenido mala suerte, no es culpa suya, tuya tampoco, no me malentiendas, nomás no le ha ido bien, no tan bien como a ti, en todo caso, te juro que no lo entiendo, con todo lo que sabe de matemáticas y de finanzas, no te imaginas cuanto estudia, hasta las tantas, cuando me levanto al baño entreveo la lucecita prendida de su cuarto, hasta las tantas, te digo, por eso se queda tumbado hasta mediodía, cómo no va a quedar molido, el pobre, a la hora de la comida se le cierran los ojitos, te acuerdas qué claritos los tenía de chamaco, qué te vas a acordar, tú nunca te acuerdas de nada, ni te fijas, siempre papaloteando, muy metido entre tus cosas, no te culpo, andas súper ocupado, qué se le va a hacer, del tingo al tango, así decía tu pa, con tus mil citas y viajes y esas urgencias que siempre te entretienen, ya ni cuentas nada, te da flojerita, supongo que ni tiempo te queda con tantísima responsabilidad allá en florida, al contrario, te agradezco que te hagas un huequito para venir a verme, aunque tus visitas sean de doctor, te anda por regresarte, no te lo digo por eso, quédate el tiempo que quieras, esta también es tu casa, quiero decir que lo será mientras yo viva, él todavía tarda en llegar, si es que llega, a veces se queda en la casa de cuerna, no me gusta aunque prefiero a que maneje de noche, pobrecito, la carretera se pone súper resbalosa con estos tormentones y él anda rete cansado, ya ves, la santa noche delante de la pantallita, te vas a arruinar los ojos, mijito, se lo digo y ni caso, las tres compus prendidas de madrugada, ni idea de cómo le hace, ves cómo es bien listo, a ratos le pido que me explique sus inversiones en japón y singapur, la verdad no capto nada de nada, de veras que se las sabe de todas todas, igual que tu pa y que tú, los tres se parecen en eso, nomás en eso, en la curiosidad y las ganas de saber, bueno, tú unas cosas y él otras, él sigue fascinando con oriente, anda muy metido en ondas medio esotéricas, qué te voy a decir que no te sospeches, constelaciones y personalidades y reencarnaciones y no sé qué, hace unos tests súper impresionantes, a mi amiga le hizo uno el otro día y se quedó con los ojos como platos, le atinó a casi todo, me dijo ella, qué bárbaro, lo malo es que con eso nadie se hace rico, ¿te enteraste de lo que le hicieron el otro día?, de nueva cuenta lo transaron, estuvo semanas trabajando en una cartera o no sé qué, ni me preguntes, ya no sé ni donde tango la cabeza, se empeñó mucho, hasta las tantas, te digo, por la mañana tenía los ojos rojísimos y unos ojerones de elefante, les entregó a tiempo y a la mera hora los miserables ni le pagaron su comisión, que no era lo que querían o un pretexto así, de nuevo lo mismo, cuántas veces le ha pasado, una tras otra, te digo que no tiene tu suerte, en el fondo es tan noblote y la gente se aprovecha, en serio, deberías darle otra oportunidad, o más bien darte a ti la oportunidad de conocerlo, siempre lo hiciste a un lado, no te hagas, le decías que andabas muy ocupado, nunca te interesaron sus asuntos, siempre ha sentido que lo desdeñas, no te me enojes, te digo lo que él siente, y yo lo siento igualito, de veras, cuándo me iba a imaginar que terminarían así, sin hablarse, de chiquitos se peleaban, claro, como cualquier escuincle, guardo la imagen de cuando pasabas al lado de su cuna y él te jalaba de los pelos, tenía un añito y tú tres, era un juego, tú siempre lo acusabas con tus hermanas, nunca tuvo mala intención, ni entonces ni ahora, solo que tú has tenido harta suerte y él nomás ninguna

Edipo

qué suerte ni qué suerte
un vago
listo sí
de qué sirve ser listo si luego no te abocas
y él nunca se abocó
en la primaria no le iba tan mal
incluso una vez salió mejor que su hermano
quién lo iba a decir
luego quién sabe qué le pasó
yo qué culpa voy a tener
se lo ganó a pulso
no le puede seguir dando importancia a eso
lo echaron del colegio porque hacía su regalada gana
así de simple

yo qué
solo dije que tenían razón en expulsarlo
tampoco es un pecado tan grande
o sí
no me lo perdona
según él así empezaron sus líos
si chuchita, cómo no
una cosa que te pasa a los quince y ya es un cuarentón
hace veinticinco
y me lo sigue restregando
ya sé que tú crees que él estaba en lo correcto
lo mismo dicen sus hermanas
vamos a poner que sea verdad
aun así
veinticinco años mujer
qué ha hecho en veinticinco años
malgastarse la vida
tú porque lo consecuentas
igual tienes hasta más culpa que yo
sé muy bien le das a mis espaldas
siempre ocultándose de mí
los dos forman un equipito en mi contra
es al único al que de veras quieres
siempre defendiéndolo
y él pegado a tus faldas
como si yo fuera responsable de sus líos
no da golpe
quezque no está dispuesto a que lo exploten
los que trabajamos somos cerdos capitalistas
tan fácil que es ser revolucionario con una madre que
te financia
si no ya habría tenido que buscarse la vida
qué mala suerte ni qué mala suerte

Eteocles

¿Y por qué tendría que ver por mi hermano? Yo jamás le he hecho daño, jamás, que te quede bien claro. A lo mucho he tenido que repeler sus ataques, no me ha dejado otra. ¿Te acuerdas cuando me descalabró con un jarrón? Mira la cicatriz. ¿Cómo no iba a ser su culpa? De acuerdo, yo lo hacía enojar, a veces lo provocaba, pero un cosa son las palabras y otra los actos, y él siempre tuvo esa maldita propensión a la violencia, desde bien chiquito. Está muy enojado, vive enojado. Es puro enojo, ¿no lo ves? Desde aquel incidente del colegio es como si cargara una maldición a cuestas. Pa se portó mal, yo siempre les di la razón a ustedes dos, igual que mis hermanas, lo expulsaron injustamente, no me cabe duda. Pero lleva un cuarto de siglo sin salir de ese canal, ¿no crees que ya podría haberlo superado un poquito? Se ha metido con la gestalt, con los lacanianos, el coaching, los budistas y los sufís y los harekrishna, y ni así, ¿no lo ves? A ratos se le olvida y se porta como si fuera una persona normal, bueno, medio normal, y de pronto algo se le remueve en las tripas y le viene otra vez la furia. ¿Te acuerdas de cuando quemaba mis peluches? ¿O de cuando quebró la ventana con la mano? ¿O de cuando molió la vitrina a patadas? ¿O de cuando aquella novia llamó a la policía porque le destrozó la puerta? ¿O de cuando me vació mis cuentas? Pues lo mismo, solo que peor. Por eso no dura en ningún lado. Por eso no tiene novia ni nada de nada. Basta que le digas algo que no le guste, que critiques alguna de sus inversiones, que suelen ser desastrosas, y no hay manera. ¿No te diste cuenta el otro día? Tenía que anudarse los dedos para disimular la temblorina. ¿Y los ojos? Rojísimos, de lagarto. Solo porque le dije que un préstamo para montar una comercializadora sin tener ni un clavo apalancado me parecía una tontera. ¿Y yo qué culpa? Para colmo, cree que tiene la razón. El mundo enterito está mal. Yo estoy en la empresa desde los veinte. A esa edad pa me advirtió que ya no iba a darme ni un quinto y que debía apoquinar, y así lo hice, sin quejarme. Desde entonces, jamás dejé de apoquinar. ¿Y en cambio él? ¿O qué, ahora ser prudente es un pecado? Solo aquí, en esta casa. ¿Sabes por qué avive tan enojado? Siente que alguien le arrebató algo desde que nació. O incluso antes. Como si le hubieran quitado algo que siempre fue suyo. Durante años y años, creyó que el culpable era pa. Y, ahora que pa ya no está, soy yo. Alguien le robó algo y, sea lo que sea, está empeñado en que yo se lo pague…

Polinices

tú y yo cargamos un destino que no es nuestro, tú ni cuenta, carajo, pero nos llega de muy atrás: de nuestros abuelos y bisabuelos y sobre todo de nuestros papás: somos parte de una larguísima cadena de violencia, de esa violencia soterrada, callada, civilizada, modosita, en la que nos criaron: no, cabrón, claro que no lo recuerdas, preferiste ser un engranaje en ese sistema de opresión, en esa cadena de explotación burguesa y patriarcal: te creíste el autorretrato que pa pintaba de sí mismo: un hombre de negocios educado, pacífico, sensible, responsable, eso: súper responsable: que nunca nos pegara –porque, claro, un modelo para la comunidad como él no iba a levantar ni un dedo contra nadie–, no significa que no fuera un ojete: las palabras duelen más que los azotes, te lo digo yo: no es que no te acuerdes, es que no quieres acordarte, cabrón, porque eso rompería esa imagen de perfección que es lo único que a ti te prende: todo el tiempo, todo, pa se la pasaba embarrándonos sus pinches ironías, sus burlitas, primero a ma, luego a nuestras hermanas y sobre todo a mí: tenías que ser tan perfecto como él para que no te ridiculizara, para que no te sobajara con sus sarcasmos: esas frases sutiles y envenenadas con que nos machacaba a diario: a ti no, claro, porque eras el bienportadito, a ti te dejaba en paz, pero, ¿a nosotros?: nunca estabas a su altura, o hacías exactamente lo que decía o eras un pinche perdedor y un don nadie: la lógica extractiva y autoritaria del capitalismo tardío a todo lo que da: yo aguanté hasta que no aguanté y, ¿sabes qué hizo él?, tenerme lástima: eso fue lo peor del incidente del colegio, saber desde los quince que ya jamás estaría a su altura, que ya jamás iba a sentirse orgulloso de mí: y tú, cabrón, te desapareciste así nomás, como si no pertenecieras a esta familia, en el fondo eres un cobarde, nunca te atreviste a confrontarlo, nunca denunciaste esas violencias simbólicas y cotidianas a la que nos tenía sometidos a ma y a nuestras hermanas y a mí: preferiste largarte a ese máster en filadelfia y hacer tu vida lo más lejos posible: desde entonces, ¿sabes qué me has dado?: migajas, puras migajas, ¿y quién puede construir algo con migajas?: me queda un consuelo: que te vas a morir solo, bien solo, cabrón

Yocasta

no se peleen, por favor no se peleen, se los pido por el amor de dios, si de veras me quieren, si de veras les importo, no se peleen, ¿qué necesidad?, bajen la voz, se los suplico, no aguanto los gritos, ¿qué hice yo para que me tocara esto en mi vejez?, si quieren hacer algo por mí, si de veras me quieren, ya paren, por favor, ¿no pueden hablar civilizadamente?, los dos tienen sus razones, lo entiendo, cada quien la suya, tú quieres una cosa y tú otra, es normal, no tendría por qué haber tanto conflicto, la culpa es de su pa, tan rígido, tan necio, nunca entendió que eran distintos, que cada uno necesitaba cosas diferentes, tú unas y tú otras, y sus hermanas otras más, él decía que los trataba siempre igual, que siempre les dio los mismos juguetes y el mismo dinero, tal vez, pero no el mismo afecto, eso se sabe, trataba de ser justo, no se lo niego, pero su justicia era injusta porque no tenía en cuenta las diferencias, tú eres más fuerte y tú más sensible, tú más idealista y tú más práctico, tú no has tenido suerte y tú demasiada, todo eso cuenta, aunque él siempre dijo que quería dejarles todo en partes iguales, una cuarta parte para cada quien, a mí no me parece justo y por eso decidí cambiar la reglas, a ti no te hace falta nada, mijito, yo te quiero igual pero tú no me necesitas, a ti ya te va muy bien, tienes tu familia y tus casas y tus viajes y tus negocios y tus hermanas se quedaron conformes con ser parte del consejo de administración, pero tu hermano en cambio solo me tiene a mí, yo los quiero igual a todos, a él y a ti y a ellas, no tengas duda, pero tenía que corregir las injusticias de tu pa y por eso, espero que lo entiendas, todas mis acciones, las que me dejó tu pa y que definen quién tiene el control de la empresa, pues se las voy a dar a él

Eteocles

Primero vació mis cuentas y ahora a ti te está dejado en la ruina, ¿no lo entiendes? ¿Ya lo olvidaste? Me pidió que le prestara dinero, se lo di, y luego me vació las cuentas. Se lo gastó todo. Muy listo, sí, para el fraude. Durante dos años fue sacando de a poquitos, pacientemente, con su labor de hormiga. Coches, viajes, fiestas, computadoras, cámaras, lentes, impresoras, esos gadgets que lo vuelven loco. A mis costillas. ¿De veras lo olvidaste? ¿O es que prefieres olvidarlo? Pues esto es todavía peor. El colmo, en serio. Ustedes dirán lo que quieran de pa, que era un dictador y un tirano, pero se preocupó por dejar la empresa saneada, en números negros, para que tú pasaras lo mejor posible tus últimos años. Todo lo dejó atado y bien atado, las propiedades, las inversiones, la administración, y por supuesto esta casa. Pues ahora ya no tienes nada, nada de nada. Se lo comió todo. Absolutamente. Todo. Ahora la empresa está endeudada hasta las cachas. Ahora tú eres quien debe una millonada. Literal, una millonada. Por eso no dejan de llamarte y de amenazarte. Dices que a ti no te importa el dinero, pero pa te dejó el control de la empresa para cuidarte y para que siguiera prosperando, quería estar seguro de que ibas a pasar cómoda tus últimos años y que todo iba a seguir como cuando él estaba. Pues no queda nada, solo esta casa que también pusiste a su nombre. Te dejó en la ruina. ¿Te parece normal? Yo no quiero el control de la empresa, como dices no la necesito, pero era nuestra. Y tuya. De seguro cometió varios delitos. Van a venir por él y también por ti. ¿Prefieres que no te lo advierta? ¿Que no le diga nada a mis hermanas? Es tu decisión, sin duda. Pero tú eres la que sigues escudándolo. Tú lo convertiste en delincuente. No la mala suerte, tú.

Polinices

a mí ni me reclames nada, cabrón: la situación es bien sencilla: lo pasa entre nosotros es puro karma: el tuyo es que te vaya bien y el mío, aprovecharme de ti

Edipo

yo jamás busqué esto
me hubiera gustado que se quisieran
que fueran amigos
por lo menos que no se odiaran
yo jamás fui amigo de mis hermanos
durante años no nos hablamos
aunque estuviéramos la jornada entera en la empresa
no fui a sus entierros
no porque no los quisiera
algo los quería
supongo
éramos demasiado opuestos
como ustedes dos
y sus hermanas
a las mías yo las adoraba
sobre todo a la chiquita
se acuerdan de ella
pobrecita
no tenía muchas luces
y la epilepsia
mi madre me la encomendó
ellos en cambio se aprovechaban de ella
le arrebataron sus acciones
yo jamás lo iba a permitir
primero dejé de hablarles
luego dejé de verlos
no fui a sus entierros
jamás quise que a ustedes les pasara lo mismo
los traté siempre igual

era mi regla
quería que se repartieran el control de la empresa
veo que no sirvió
fueron incapaces de ponerse de acuerdo
ahora ya es tarde
yo nunca quise esto
ahora es demasiado tarde
estaba ciego
y ahora más

Eteocles

No voy a seguir aguantando tus insultos, tus amenazas, tus chantajes. No quiero volver a saber nada de ti. Nunca. Jamás.

Polinices

no tienes ni puta idea de lo que es la justicia, hermanito, ese es tu problema, así que te voy a echar una mano, a ver si así, te voy a contar un cuento sufí, es la historia del maestro nasruddín, ¿has oído del maestro nasruddín?, bueno, pues una noche el gran maestro nasruddín se levanta de su sueño porque escucha unos ruidos en su casa, sale de su habitación y alcanza a distinguir a un ladrón que se lleva un valioso jarrón antiguo, entonces el maestro nasruddín se precipita en pos del intruso y, cuando por fin le da alcance, le dice estas sabias palabras: querido ladrón, vuelve a mi casa, te lo suplico, y llévate todo lo que encuentres, todo lo que necesites: esa es la verdadera justicia, hermanito, a ver si un día entiendes

2

Antígona

ay, ay, ay, no puede ser, no puede, los dos, el uno al otro, el otro al uno, ay, ay, ay

Ismene

qué estupidez, por dinero, qué ordinario, qué vulgar, me da vergüenza, los dos me dan vergüenza, y coraje

Antígona

si no fue el dinero, ¿entonces qué?, ¿la rivalidad de años?, ¿el rencor acumulado?, ¿la mala suerte, como decía ma?, ¿el pinche karma?

Ismene

dicen que no soportó verse expuesto y que, en cuanto vio el escándalo en redes, de inmediato supo quién lo había denunciado, ató los cabos y lo empezó a planear

Antígona

ay, ay, ay, ¿su venganza?, ay, ay, ay

Ismene

encontraron un montón de notas en la casa que rentaba en el campo, nada muy explícito, lo suficiente para constatar cómo urdía su plan

Antígona

¿entonces no fue un ataque de furia?, ay, ay, ay, ¿no fue una ira repentina?

Ismene

lo espiaba, tomaba notas, apuntaba detalles, cuándo salía de la empresa y cuándo iba a ver a sus hijos, cuándo viajaba a florida y cuándo regresaba, cada paso, todo está en su cuaderno

Antígona

no lo puedo creer, ay, ay, ay, ¿por qué no nos enteramos?, ¿por qué nos dejaron fuera de todo?, ¿por qué nunca supimos nada de nada?

Ismene

pa y ma jamás quisieron involucrarnos en la empresa, nos dejaron fuera, como floreros, y mira nada más

Antígona

¿sabes cómo pasó?, ¿cómo pasó *exactamente*?

Ismene

leí el informe, no queda claro, según esto lo interceptó en una curva, muy de noche, se armaron de palabras, llevaba un cuchillo, y luego no es claro, la policía los encontró agonizantes, abrazados el uno al otro en la cuneta

Antígona

en este país no se puede confiar en nadie, igual fue un accidente, igual fueron otros, igual fueron los policías

Ismene

al final el resultado es el mismo, ahora solo quedamos nosotras, tú y yo

Antígona

tenemos que preparar el entierro en el mausoleo familiar

Ismene

uno es el criminal, el otro la víctima, eso dijo el tío, no pueden quedar juntos en el mausoleo, uno al lado del otro

Antígona

si no fueron hermanos en vida, ay, ay, ay, que lo sean en la muerte

Ismene

yo no quiero saber nada, no quiero que me involucres, tengo una vida

Antígona

entonces lárgate, yo me encargo, yo solita, yo

3

Creonte

Estimados accionistas y miembros del consejo de administración:

La circunstancia que nos reúne no podría ser más lúgubre, más sobrecogedora, más oscura; hubiera preferido que otros motivos impulsaran este encuentro, tan largamente acariciado, pero no queda más que afrontar los hechos, el espantoso acto de barbarie que se ha cernido sobre nuestra familia y nuestra empresa.

Cuatro generaciones atrás, nuestros fundadores se empeñaron en dar vida a un próspero negocio basado en los sempiternos valores de calidad, honestidad y esfuerzo; durante más de un siglo, hemos sido fieles a ese compromiso y a esa misión, a la que no renunciamos ni en los momentos más difíciles, y a la que no dejaremos atrás tampoco ahora, en esta aciaga tarde.

Les pido no prestar oídos a los rumores y a calumnias de nuestros adversarios, en esta hora extrema debemos mantenernos unidos, sin resquebrajaduras entre nosotros; la prensa ha dado cuenta de los terribles acontecimientos y yo no quisiera incidir más en el asunto; que una desafortunada trifulca segara la vida de dos jóvenes, y en particular de quien, conforme a la voluntad de su padre, debió ser el heredero de esta empresa, es una tragedia inmensurable;

los malos manejos financieros de su hermano, sin embargo, constituyen una infamia que no podemos minimizar.

Agotado el duelo, se vuelve imprescindible recobrar los ánimos y mirar hacia adelante; es momento, pues, de darle nueva vida a nuestro proyecto, de aprovechar la coyuntura para diversificar nuestras operaciones y abrirnos a nuevos mercados, para dejar atrás los lastres del pasado y encarar el porvenir; en ese espíritu, considero que, dadas las circunstancias, no queda otro remedio que expresarles nuestras condolencias y nuestro reconocimiento a mis sobrinas, las cuales a partir de ahora dejarán de formar parte de nuestro consejo.

En ningún país civilizado se le puede dar el mismo trato al criminal que al inocente, al verdugo que a su víctima; creo que los demás socios coincidirán conmigo en que no es posible ni deseable olvidar los valores esenciales de la empresa; la justicia ha sido muy clara en su dictamen, uno de mis sobrinos fue el atacante, el otro la víctima; baste eso para distinguir dónde debemos colocarnos; por ello, pronto homenajeamos a quien siempre luchó por el crecimiento de esta empresa, al tiempo que borraremos el nombre de quien la sumió en la ruina.

Queridos socios y miembros del consejo de administración:

Es tiempo de definiciones, de ser visionarios y encontrar el lugar que le corresponderá a nuestra empresa, prefiero decir a nuestra familia, en la posteridad; una vez concluido el duelo y el homenaje a mi sobrino, tendremos que hacer de tripas corazón y pasar a asuntos más mundanos: la elección de la nueva junta directiva para la cual les pido, humildemente, su voto de confianza; juntos, alcanzaremos nuestros sueños y los de nuestros fundadores; quedo, pues, a su servicio.

Antígona

espantajo, trucha, renacuajo, fantasmón, dinosaurio, ballena, traidor, lamesuelas, chupamirto, iguana, serpiente, trepa, babosa, lagartón, zopilote, caradura, equinodermo, caracol, pepino, nabo, zoquete, tribilín, mentecato, guacamaya, hígado, emoticón, pantera, hiena, bandido, bizcocho, turbamulta, témpano, tropical, tenebroso, tábano

Creonte

Pido a nuestro equipo de seguridad que acompañe a mi sobrina a la salida y, en caso necesario, a un lugar tranquilo donde pueda recuperarse; lamentablemente, los sucesos de esta semanas han perturbado en demasía.

Queridos socios y miembros del consejo de administración:

Ha llegado el momento de votar; ustedes saben por quién hacerlo para salvaguardar nuestro proyecto; buena suerte.

| SUSTENTABILIDAD |

1
MARKUS

La odiaba y la amaba. O tal vez Markus no sabía si la amaba, como cuando distinguía el escorzo de sus dedos en una reunión de gabinete, el sonsonete de sus respuestas a la prensa o su cabello casi albino al salir del parlamento, o si la odiaba, como cuando regresaban a su mente sus palabras tajantes y corteses –demasiado corteses–, su entrecejo o la confianza depositada en Stella Glück. O más bien quería olvidarse de cuanto la odiaba para frenar su *Schadenfreude*, la secreta alegría ante el infortunio de su jefa y amiga.

Para Markus Hinterman, matemático a fin de cuentas, Eva Lundqvist era un teorema irresoluble. Hacía mucho que no lograba verla como a la belicosa pacifista –él mismo había acuñado el oxímoron– de la que se había infatuado cuando ambos desfilaban por las calles de Upsala para exigir la acogida de nuevos refugiados o protestar contra los recortes de los conservadores, tampoco como la ministra de Sustentabilidad que había tomado la política sueca por asalto y menos como la esposa del novelista Alex Dausgaard o la madre de dos bellísimas adolescentes que inundaban las revistas del corazón. Markus y Eva decían conocerse desde la prehistoria y, a diferencia del resto del país, tenía claro que ella no era siquiera parecida a sus perfiles en los medios o los autorretratos que deslizaba en su programa radiofónico. Solo yo sé, Eva Lundqvist, se decía a sí mismo con orgullo.

Desde la primera vez que entrevió su rostro a la distancia, veinte años atrás, encaramada en un automóvil con un megáfono en la mano, Markus no había dejado de admirarla. A veces creía que no había hecho otra cosa que medirla como el arquitecto que aprecia cada faceta de su edificio. Afirmar que analizaba a Eva como se desmenuza una obra de arte quizás fuera excesivo, pero nadie había dedicado tantas horas a contemplarla, primero con embeleso, luego con complicidad y al cabo ya no sabía bien con qué. Dos décadas de abrirse paso juntos, de intercambiar libros, música e ideas, de entreverar sus anhelos en un sueño político común. Los unía un destino simultáneo: sin su apoyo, ella jamás habría alcanzado la estatura que ahora detentaba –la polémica ministra que a nadie dejaba indiferente–, del mismo modo que, sin Eva Lundqvist, él tampoco habría llegado al cargo más modesto, aunque en absoluto irrelevante, de portavoz.

Algo en Eva lo perturbó desde su juventud de militancia compartida: tras escucharla en un mitin contra la guerra de Irak, Markus distinguió cierto desdén hacia quienes juzgaba inferiores –cualquiera que no comulgara con sus principios– y le pareció que su aplomo disimulaba la certeza de los elegidos. Nadie le habría creído a Markus Hinterman si se hubiera atrevido a airear la soberbia de su jefa y amiga, un pecado que ella ocultaba bajo un maquillaje de humildad. Y ese era justo el talón de Aquiles hacia donde sus anónimos enemigos apuntaban sus flechas.

Durante el tiempo que permaneció a su lado en Físicos sin Fronteras, la organización que Eva había fundado y dirigido, y ahora en el gobierno de coalición entre socialdemócratas, verdes e independientes, Markus había obviado la disonancia entre el temple y las palabras de su amiga, pero a últimas fechas su resquemor se había acentuado como una acidez en el esófago. Le bastaba oír sus declaraciones para detectar ese atisbo de banalidad que, al menos a sus oídos y los de un creciente número de detractores, se tornaba cada vez más estruendoso. No era que Eva mintiese –lo hacía mucho menos que cualquier otro político–, sino que sus verdades siempre le resultaban convenientes: su defensa del medio ambiente y las energías limpias –la Causa– era la mejor fachada para su ambición.

Cuando brotaron las denuncias, Markus fue enfático: aunque es cierto que solo buscan hacerte daño, no están del todo equivocados. Debes ser más cuidadosa, Eva, no hay manera de que la opinión pública, y sobre todo tus votantes, no asuman lo peor. Ella desdeñó su alerta: los políticos debemos estar blindados contra los chismeríos; es solo otro de esos locos de las redes, lo mejor es no hacer caso. Un error de cálculo que los dos, la brillante ministra y su no menos brillante consejero, no tardarían en pagar.

2
EVA

Ella no le concedió importancia, en efecto. La inquietud que le erizó la piel quedó sepultada por asuntos más
urgentes: la nueva ley energética, donde al fin quedarían
plasmados los principios por los que habían luchado, y el
viaje a Alemania para entrevistarse con el líder de los Verdes. ¿Perder el tiempo con una acusación absurda? Enma-
rañada además con los preparativos del sesenta aniversario
de Alex, se desentendió del tema, como de seguro en unos
días el resto del planeta, atento a escándalos más relevantes
–o jugosos– que las afinidades de la ministra.

Eva mantenía una relación privilegiada con las redes
–hasta escalar al ministerio, administraba sus cuentas–, a
las que ensalzaba como contrapartes de los medios tradi-
cionales, siempre dispuestos a defender sus intereses económicos ante la verdad. Tal vez fuera injusta, en su patria
había periodistas y cabeceras que se habían dejado el alma
en reportajes que desnudaban el entramado empresarial,
pero la crisis en que se sumieron ante la eclosión de la
virtualidad la llenaba de gozo. Era como si su generación
hubiese tenido el privilegio de contemplar el derrumbe
de una pirámide sobre cuyos restos se construía el futuro.

Mientras se preparaba para la sesión de control del parlamento, a Eva le vinieron a la mente sus años en Gävle,
a la sombra de un padre alcohólico y una madre sumisa,
quienes la aislaron en su propio universo –alguna maestra
la diagnosticó con Asperger– y la llevaron a la política
cuando a sus compañeros solo se interesaban por el futbol, Björk o las fiestas clandestinas. Quizás por eso en su
programa de radio insistía en encontrar el momento exacto

en el que se descubrió su compromiso con los derechos humanos y el ambientalismo, el feminismo y la atención a los migrantes. Tal vez fuera a los nueve o diez, cuando su padre le espetó alguna barbaridad a un mendigo y ella sintió la injuria dirigida contra ella, o un poco más tarde, cuando él se sumó a un grupo de vecinos que exigía desmantelar un campamento de gitanos. O acaso su despertar social se debió a algo más fútil y cotidiano, el documental de Al Gore sobre el cambio climático. O su pasión por el planeta –no encontraba mejor manera de expresarlo– había nacido como una rebelión contra esos padres que conformaban un núcleo familiar tan tóxico como indisoluble.

A los trece, Eva se identificaba como atea y anarquista, había leído o al menos hojeado buena cantidad de literatura subversiva –así la denominaban ella y Helga, su mejor amiga de entonces– y tenía sus propias ideas sobre los tópicos del momento que no se cuidaba de callar ni en la cantina ni en las aulas. A los catorce, se había transformado en la caricatura que en el futuro harían de ella los tabloides: fumaba hash y defendía la legalización de las drogas, se había tatuado la silueta del Che en el tobillo, se había incorporado a numerosas asociaciones de solidaridad con el Tercer Mundo, se había vuelto vegana estricta, había empezado a experimentar con chicas y chicos y bailaba música latina a deshoras. Una caricatura permitida a los catorce o quince, no tanto a los dieciséis, cuando Eva separó los clichés de la Causa y se apartó de quienes solo buscaban en la izquierda antros *cool* donde drogarse. Para entonces, ella miraba hacia otra parte: al lado de sus convicciones revolucionarias, había desarrollado una afición paralela por la ciencia. Desde que vio *Cosmos* a los doce quedó fascinada por las asombrosas imágenes de lo más pequeño y lo más grande y, pese a los pésimos profesores con que se topó en el gimnasio –greñudos que hablaban de máquinas simples y vectores–, no dudó en estudiar Física en Upsala, donde se graduó *cum laude*.

Su fervor se volvió aún más firme y preciso, como si hubiera trasladado el rigor de la ciencia a las calles: aunque la tacharan de dogmática, Eva no hacía concesiones, defendía sus puntos de vista como leyes verificables y dejaba mordiendo el polvo a quienes la cuestionaban. Las injusticias eran tan evidentes como una supernova: la desigualdad todo lo impregnaba, el sistema había sido construido por los poderosos en su propio beneficio y cualquier intento por cambiar aquel estado de cosas requería una fuerza inaudita: su justificación de la vía armada. Eva *la Roja* se convirtió en una leyenda entre los grupos anarco-feministas de la facultad. Enfundada en la *kufiya* que le había regalado un camarada palestino o mostrando los pechos desnudos entintados con consignas feministas, encabezaba protestas en Upsala, Gotemburgo o Estocolmo ante multitudes cada vez más rabiosas. Eva siempre se consideró tímida –tartamudeaba ante sus profesores– y solo aquel contacto con las masas le desveló su vena de líder. Era como si, montada en un templete o en el techo de un coche, o enfrentada a un auditorio pacato y hostil, un ángel o un demonio la poseyeran de repente, invadiéndola con una energía que le permitía vencer sus inseguridades y lanzarse en arengas que inflamaban a sus seguidores aunque al final la dejaran exhausta.

Fue en esa época cuando Eva se topó con Markus Hinterman, aunque no estaba segura de que el encuentro hubiera ocurrido como él solía narrarlo. Eva no recordaba aquel mitin en Gotemburgo ni que hubiesen escapado de

los gases lacrimógenos, y menos todavía que se hubieran refugiado en una bodega abandonada, sino un apacible
encuentro en la cafetería de Upsala: un episodio menos
heroico pero igual de liminar. Markus era un muchacho
regordete y atrabiliario y Eva no se fijó en sus anteojitos
redondos y su nariz ganchuda hasta que él insistió en acompañarla por su bicicleta. Markus le pareció tan listo como
irritante y se deshizo de él sin miramientos; para atajarla,
él replicó con una frase llena de humor involuntario que
la hizo partirse de risa. Al cabo de unos segundos, los dos
estallaban a carcajadas, dándose palmadas como locos, su
amistad fundada en esa gracejada y ese equívoco.

Eva no recordaba ningún punto importante de su carrera
donde Markus no hubiese estado con ella: salvo por su
máster en Ámsterdam –él lo hizo en Salamanca–, fueron
inseparables. Si bien compartían los mismos ideales, a él
le fascinaba actuar como su abogado del diablo. Era su
sparring: alguien con quien practicar los combates antes de
pasar al ring de la arena pública. Cuando fundó Físicos sin
Fronteras, una organización dedicada a proteger al planeta
de los estragos tecnológicos e industriales, Markus no dudó
en sumársele y, tras unos años en un puesto secundario,
Eva lo ascendió a secretario general.

Acaso su mayor desacuerdo se produjo cuando la recién elegida primera ministra socialista, con quien Eva
había disputado en público por años, la invitó a sumarse
a su gobierno. Markus pensó que era una traición a sus
principios; discutieron por semanas y, si bien Eva no logró
convencerlo de la conveniencia de entrar al gobierno, al
cabo lo incorporó a su equipo con el cargo de vocero: una
posición que le permitía a Markus involucrarse en todas
las áreas sensibles de la dependencia. Formaban, a ojos de

amigos y enemigos, un equipo formidable. Durante más de un año, Eva Lundqvist fue la ministra mejor valorada del gobierno. Ella desmentía cualquier futurismo, se decía entregada a la causa ecológica e insistía en que su trabajo en el ministerio era apenas un paréntesis en su carrera de activista; entretanto, Markus tendía lazos y anticipaba estrategias para su común toma del poder. En perfecta sintonía, superaron varias crisis –la mayor, a causa de la incorporación del país a la OTAN decidido por la primera ministra– y urdieron los pactos necesarios para emitir la ley energética que coronaría sus esfuerzos.

Eva no podía sentirse más satisfecha. Acaso esa fama repentina –no había mes que no protagonizara una primera plana o se luciera en una tertulia televisiva– le hizo bajar la guardia. A los cincuenta se percibía en el mejor momento de su carrera, sus grandes proyectos se cumplían, su relación con Álex al fin parecía encausada, sus hijas emprendían sus propios caminos y el futuro lucía repleto de promesas. ¿Cómo iba a preocuparle que una cuenta anónima la acusara de conflicto de intereses con Stella? La versión era tan ridícula que no estaba dispuesta a dedicarle ni un minuto de su tiempo.

Durante tres meses, los últimos de calma, nadie reparó en el trino, que no recibió sino un par de corazones antes de desvanecerse en el remolino de las redes; Stella ni siquiera se dio por enterada y Eva prefirió no comentárselo. Hasta que una nueva cuenta, igual de anónima o de espuria, esta vez con el nombre de Destapador Sanguinario, replicó las acusaciones con una catarata de imágenes de Eva y Stella, dirigidas a los principales periodistas y medios del país y en especial a aquellos que se la tenían jurada a Eva.

–Por lo pronto solo puedo decirte algo –le dijo Markus al teléfono–: detrás está alguien que te odia y, peor aún, alguien con mucho tiempo libre.

3
EVA Y MARKUS

Si siempre supo que sería un error, ¿por qué no se contuvo? ¿Debilidad o, al contrario, suficiencia? ¿Ligereza, estupidez, lujuria? ¿Simple vanidad? Eva se repetiría estas preguntas en el futuro, una y otra vez. Pero aquella noche todo le pareció tan natural que se dejó llevar. Siempre estuvo consciente del deseo de Markus e hizo lo imposible por frenarlo o imposibilitarlo. Tras aquel encuentro en la cafetería de Upsala, o tras huir de la policía en Gotemburgo, hubo ocasiones propicias para el flirteo, eran jóvenes y coincidían no solo en las aulas o los mítines, sino en fiestas irrigadas con drogas y alcohol. Si debía ser sincera, no le incomodaba gustarle a Markus, aunque siempre se esforzó por impedir esas situaciones extremas donde ya nadie puede echarse atrás y las amistades terminan con una humillación imperdonable. Por fortuna, Markus era demasiado torpe, demasiado inseguro, y jamás insistió: su vehemencia estaba acompañada de los modales de su familia de adventistas del séptimo día. Hasta donde Eva recordaba, él nunca propició un momento incómodo: cuando se quedaban a solas o él insistía en acompañarla a casa, ella se escurría en temas peliagudos o abstractos. Acaso por instinto de supervivencia, él nunca llevó su admiración más allá de lo platónico. Lo más probable es que aquella contención no apagara su deseo, pero en aquella inmovilidad ambos hallaron un espacio para el diálogo. Markus parecía resignado: ya que no iba a poseerla, al menos ocuparía un lugar en su corazón, el de confidente único.

Eva cambiaba de amantes –hombres y mujeres– como de ropa: sus llamativos ojos verdes, su cabello cortísimo y su pose de atleta le granjeaban una legión de admiradoras y admiradores; su posterior preeminencia en los círculos de izquierda no hizo sino acrecentar la lista. Salvo si alguien le repugnaba, pocas veces rechazaba un encuentro furtivo, convencida de que la libertad pasa por la libertad sexual. El único *no* era para Markus: en ese *no* se fundaba su relación. Por desigual que fuera el acuerdo, funcionó por años. Markus se resignó al desfile por la cama de su amiga y jefa, más tarde logró trabar una relación más o menos cordial con Marija Stenhammer, la pintora con la que Eva convivió en los noventa y fingió entusiasmo por Alex Dausgaard, el escritor con quien Eva procreó a sus dos hijas. Por su parte, ella no dejaba de presentarle prospectos a Markus; casi por cansancio, él acabó con un cooperante de la organización, Athol Wirén, con quien adoptó a una niña vietnamita. Su vida en común no duró ni dos años: la ruptura fue tan dramática que, desde la perspectiva de Eva, él jamás volvió a ser el mismo.

Si el acuerdo era tan nítido, ¿por qué Eva lo torció a sabiendas de que no irían a ninguna parte? ¿Por qué rompió su regla de oro? Quizás si la agitada separación de Markus no hubiera estado tan próxima, habría podido repetir una el *no* que siempre le había endilgado a su viejo amigo y colaborador. Esta vez lo vio tan desarmado que, cuando él se atrevió a besarla en la oficina, no pudo sino corresponderle. Aquel beso cargaba una penosa historia a cuestas: cuando

Markus le abrió la puerta de su coche y manejó rumbo a un motel en las afueras, ella supo que no habría marcha atrás. Habían pasado el día en una sucesión de reuniones, la última de las cuales resultó muy tensa. Como de costumbre, Markus se había colocado del lado de Eva, aunque no coincidiera con sus argumentos. Físicos sin Fronteras se encaminaba, aunque ella lo negase, hacia una eclosión. Para colmo, esa mañana le había llegado a Markus el último citatorio del juicio que Athol había emprendido para arrebatarle la custodia de su hija. Si el proceso seguía su curso, lo más probable es que apenas vería a la pequeña Hera. ¿Sería esa sensación de estar a punto de perderlo todo la que impulsó a Markus hacia Eva? Siempre ansió algo más allá del compañerismo pero, a fuerza de imaginarla imposible, se había convencido de que lo mejor era sepultar cualquier expectativa. Ahora, en cambio, lo dominaba una suerte de urgencia, el ansia de recuperar la confianza perdida por culpa de Athol, la necesidad de demostrar que no era insignificante y desechable.

La noche había caído sobre Estocolmo, no había nubes ni luna en el horizonte, apenas una negrura pegajosa. Abandonó su despacho –no quedaba nadie más en la oficina– y se dirigió al de Eva. Ella comenzó una reflexión sobre la reunión que había concluido, se aproximó a la ventana inundada por los reflejos amarillentos de la ciudad y se quedó un minuto en silencio. ¿Markus interpretó esa pausa como una señal? Caminó hacia la ventana, como si buscara asomarse al abismo, y, sin siquiera pensarlo, la tomó del cuello. A la mañana siguiente, a Markus ni siquiera le sorprendió que ella lo hiciera a un lado con suavidad. Había sido el error de una noche. No necesitó explicarle sus razones: Markus tenía claro que, una vez en el gabinete, debían minimizar los riesgos. Y aun así sintió como si le clavara un cuchillo por la espalda. Entiendo, le dijo, es lo mejor para ti y eso significa que es lo mejor para los dos. Eva le susurró un gracias al oído y el dio un último beso, suave y ligero. Días más tarde, le llamó por teléfono para ofrecerle, con una voz que ya jamás sería la que él ansiaba, el cargo de portavoz.

4
STELLA

Stella se reconocía como una de esas personas a quienes los demás amaban u odiaban de inmediato. Con Eva ocurrió lo primero: un flechazo. Una simpatía mutua y una obvia comunidad de intereses. No es que su nueva amiga no le despertara algún recelo –Eva era una típica representante de esa izquierda *woke* de la que Stella siempre se burló–, pero desde el primer momento supo que podrían entablar una relación beneficiosa. Stella Glück era un torbellino: diminuta, con esa piel apiñonada que le confería su condición mestiza –madre indonesia, padre alemán–, vivía para mantenerse *fit*, adoraba a Karl Ove Knausgaard y contaba con tantos admiradores como detractores. Unos y otros reconocían en ella, por encima de sus cualidades o defectos, su ambición.

Cuando Stella la encaró al final de un almuerzo, Eva pensó que sería otra de esas mujeres de negocios de las que era preferible escabullirse; algo en aquel rostro aniñado llamó sin embargo su atención. Stella se explayó en lo importante que Eva había sido para el país y la describió como una política modelo. Creo que podríamos trabajar juntas, insistió, nuestra empresa está muy interesada en emprender una transformación radical hacia las energías limpias. Así de directa, así de transparente. A la nueva ministra le gustó su extroversión y le anotó su número en un papelito.

Eva se olvidó de ella en medio de su agitada toma de posesión. Un par de días después, Stella Glück se presentó en la puerta de su oficina justo cuando la nueva titular estaba por salir. Al topársela de frente, Eva admiró su desfachatez. Stella le propuso una cerveza. La nueva ministra sabía que no era buena idea mezclar los asuntos públicos con el alcohol. Stella le habló de los ambiciosos planes de reconversión de la compañía alemana para la que trabajaba, Eva le dijo que con gusto estudiaría el asunto y pasaron a otros temas —incluidas sus respectivas historias de familia— hasta la medianoche.

Como le explicó a Stella, el tema de las energías limpias le correspondía al ministerio de Industria, que por cierto encabezaba uno de los favoritos de la primera ministra con quien ella apenas tenía relación. Su intuición sobre Stella se reveló acertada; pronto se descubrieron almorzando una vez por semana: la alemana era astuta y previsora y provenía de un mundo, el empresarial, al que Eva jamás había tenido acceso. Las dos parecían beneficiarse, si no de una amistad pura, sí de una plena retroalimentación. ¿Por qué la ministra depositaba tanta fe en aquella mujer en vez de apoyarse en los empleados del ministerio o en su antiguo equipo de Físicos sin Fronteras?

La envidia nos rodea por completo, le advirtió Stella en alguna ocasión. Ese era el motivo —estaba segura— del ataque que ahora sufrían las dos. Y, pese a la creciente presión de Markus, justo por ello Eva no estaba dispuesta a modificar su conducta. Que vociferaran en redes, le daba igual. Al menos hasta que aquel solitario trino derivó en una cadena de injurias aumentada por August Lammers, el periodista del *Dageblat* que se la tenía jurada a Eva desde que ella desveló sus vínculos con un oligarca ruso.

—Tenemos que hablar de Stella —le dijo Markus al irrumpir en su despacho.

5
ANÓNIMO

La ministra Lundqvist negocia jugosos contratos para una empresa energética extranjera en un obvio conflicto de interés.

Ese fue el primer trino que brotó en el lodo del pajarraco azul, semejante a un hongo solitario y ponzoñoso. Provenía de una cuenta recién abierta, desprovista de seguidores y que, a su vez, solo seguía a equipos de futbol. Al cabo de una semana —el tiempo razonable para detectar su impacto—, había obtenido apenas una réplica y un corazón de otra cuenta igualmente falsa. El horror para quien persigue un escándalo: la vacuidad que lleva a la extinción. Así se lo explicó Eva a Markus: estoy acostumbrada a estas mentiras, nada de qué preocuparnos. Ante el evidente fiasco, su autor o autora —se valía del femenino— volvió a la carga: se inventó otra cuenta, esta vez llamada Destapador Sanguinario y, con infinita paciencia —su única virtud—, recopiló fotos de Eva y Stella, extirpadas de sus respectivas redes, y fabricó un montaje tan burdo como verosímil.

—La vida privada ya no existe —le dijo Markus a Eva mientras analizaban aquel hilo.

Markus le mostró los comentarios que los usuarios agregaban a aquel montaje: como era de esperarse, se hallaban teñidos por esa mezcla de ira y bestialidad propia del pajarraco azul.

–¡Si todo es mentira! –exclamó Eva, entre fastidiada y sorprendida.

–Eso solo lo sabes tú –le replicó Markus.

Eva soltó una carcajada.

–¿Así que ahora estoy obligada a probar algo que no existe?

–Las redes son lo contrario de un proceso judicial, Eva: todos somos culpables salvo prueba en contrario.

–¿Qué pruebas quieren? –estalló ella.

–En el mundo virtual lo único que importa son las percepciones y, en ese terreno, Eva, estamos perdiendo. Recuerda que tú siempre defendiste las acusaciones cibernéticas. Decías (te cito de memoria) que son el único instrumento con que cuentan los que no tienen poder para evidenciar las injusticias de los poderosos.

–Y lo sigo creyendo, Markus, pero esta acusación es falsa.

–¿Lo es?

Aquella pregunta fue demasiado; Eva recogió su teléfono y, sin despedirse de su portavoz, abandonó la sala con un portazo.

6

ALEX

¿Le importaba que Eva se acostara con otras personas? Como buen novelista, Alex valoraba tanto la complejidad humana –y en particular la de su compañera– como para enfadarse. Le irritaba, en cambio, otro escándalo mediático luego de años de procurar una vida serena y apacible. Su teléfono no había dejado de sonar: periodistas como lampreas que no aceptaban su silencio y lo incordiaban con mensajes de texto o correos electrónicos. ¿Por qué tenía que someterse a esta ordalía? Alex Dausgaard detestaba su época: un tiempo en el cual los escritores, en vez de dedicarse a sus textos, se convierten en payasos de circo, obligados a opinar sobre los asuntos más extravagantes –alguna vez le preguntaron sobre el proyecto nuclear israelí y en otra por los disparates del presidente de México– y a enzarzarse en polémicas tan áridas como insulsas. Alex detestaba a Victor Hugo y Zola, a quienes identificaba como iniciadores del desvarío: ¿qué vuelve moralmente superior a alguien cuya profesión es la mentira?, se preguntaba en sus charlas. Conocía de cerca a cada novelista y poeta escandinavo y a buena parte de los que figuraban en la *World Literature*; semejante cercanía le revelaba lo contrario: los escritores –y los artistas en general– solían ser unos narcisistas e ignorantes que no deberían opinar sobre otros temas que su nimia labor.

Aunque fuera consciente de esta tiranía mediática desde joven, durante mucho tiempo no contó con los recursos económicos o emocionales para resistirse. Ser escritor significaba, en esos años, ser un autor comprometido: esa presión lo obligó a simpatizar con los círculos comunistas de la universidad –allá en el pleistoceno–, a integrarse en el Partido Socialista y a aceptar un cargo menor en el ministerio de Exteriores –que abandonó a los pocos meses– e intervenir en cuanta polémica se desataba en Europa. El advenimiento de las redes solo empeoró el escenario: no participar en ellas significaba no ser nadie, algo que la mayor parte de los escritores no podía permitirse a riesgo de demeritar su prestigio, sus ingresos y sus egos. Ser sensato, en esta era azarosa e iracunda, era imposible: o te colocabas de un lado o del otro, sin matices, sin zonas grises y sin esas lagunas éticas que eran la materia primordial de un novelista. Probó con el pajarraco azul solo para desencantarse de inmediato: cualquier cosa que dijese, cualquiera, terminaba azotada por una rabia desmedida. Las pocas perlas rescatables en el pantano –un anciano que curaba arte lapón, un traductor del escandinavo antiguo o incluso esos chicos que compartían un poema al día– no contrarrestaban el desasosiego que le provocaba leer aquella avalancha de bellaquerías y zafiedades.

Cuando decidió que no volvería a utilizar ninguna red, sus editores trataron de disuadirlo: si no estás allí, nadie sabrá que has publicado algo nuevo, ya nadie lee periódicos y en la radio y la televisión desaparecieron los pocos espacios dedicados a los libros, la gente que te lee también quiere seguirte –o *solo* quiere seguirte– en redes. Aquella estupidez reforzó su convicción: hagan lo que se les dé la gana con mi cuenta, ni me consulten, no quiero estar al tanto. Un acuerdo que sus editores aceptaron a regañadientes: su huida los obligaba a contratar a alguien dedicado a gestionar las redes de Alex Dausgard, el rejego autor que, cual Salinger posmoderno, se resistía a mostrar su vida en ese nuevo espacio público. *Zona gris*, su novela más reciente –seiscientas páginas de una saga medieval–, padeció las consecuencias de su mutis virtual: las ventas no igualaron, ni por mucho, las de sus anteriores libros y los gerentes de la editorial adjudicaron la caída al mal manejo de sus cuentas. El estudiante de periodismo que las gestionaba fue despedido sin contemplaciones. Furioso, aquel chico –cuyo nombre Álex nunca conoció– se cobró venganza escribiendo un último trino en su cuenta: una tonta burla sobre el rey donde lo comparaba con Stalin. ¿El rey y Stalin? El chiste era tan malo que, al enterarse de su publicación –para entonces la editorial se había encargado de borrarlo, solo que *nada* desaparece en el universo virtual–, Álex creyó que nadie lo creería suyo. Una semana después, circulaba una petición en Change.org para que le retirasen el Premio Carlos XVI Gustavo y un alud de exigencias para que pidiese perdón. Otra vez en contra del juicio de sus editores, se negó. Lo cierto es que no pasó a más: el meme se desvaneció y al cabo sus *haters* dejaron de incordiarlo. La única consecuencia fue que ese año no fue convocado a la cena del Nobel.

Si antes desconfiaba de las redes, este episodio lo llevó a aislarse a cal y canto: mientras Eva escalaba a la palestra como ministra y sus hijas se pavoneaban en fiestas y cocteles, él pasaba la mayor parte de la semana en su cabaña de Märsta, dedicado a escribir –o a intentarlo: hacía meses que padecía un bloqueo crónico– y a observar a las aves migratorias, su nueva y solitaria pasión. Por eso lo enfurecía tanto que el desliz de Eva –si es que lo era– lo arrancara de aquel santuario.

Alex la conoció en un avión: los dos se dirigían a Berlín, él a la presentación de su último ensayo –*El origen de las mentiras*–, ella a un encuentro de organizaciones no gubernamentales ambientalistas. Fila 6, asientos A y B: una casualidad que recordarían como un designio sobrenatural. Charlaron durante el trayecto y, al aterrizar en Tegel, Alex la ayudó con sus maletas –Eva solía documentar; él, jamás– y quedaron de verse en Estocolmo. Nada predecía

su unión: además de que él le llevaba quince años, su itinerario intelectual lo había conducido de la izquierda a una
suerte de liberalismo pragmático y soso; las causas que ella
defendía le parecían, por tanto, irrelevantes y, para colmo,
ella ni siquiera lo había leído. Por su parte, la activista veía
en Alex a un mero producto del *establishment*. La atracción
mutua fue, sin embargo, instantánea: a los tres meses ya
pasaban los fines de semana juntos, por más que el resto
del tiempo él prefiriese quedarse en el campo.

Alex había estado casado dos veces antes de conocer a
Eva: primero, con la novelista Helga Karlsson, con quien
tuvo una hija –Diana, apenas unos años menor que su nueva pareja, con quien él apenas se hablaba–, y luego con
la compositora Linda Lindström, de quien se había divor-
ciado seis años atrás; luego de ese fracaso, se prometió
no volver a convivir con nadie. Una promesa que, al cabo
de un año con Eva, rompió con estrépito. Su vida en común se caracterizaba por un tenso equilibrio entre polos
opuestos: la misantropía y la extroversión; la moderación
y el radicalismo; la serenidad y la pasión; la fidelidad y
la libertad; el rencor y el olvido. Los veinte años que lle-
vaban juntos habían sido vertiginosos, llenos de belleza
compartida y de peleas. Mal que bien, habían sobrellevado
temporadas de distancia y ensimismamiento y, en no pocas
ocasiones –nunca sincrónicas– habían decidido separarse.
Al final, habían resistido en una suerte de amor discreto y
sosegado: acaso lo mejor que podía ocurrirle a una pareja.

Un sosiego que este nuevo escándalo volvía a trastocar.
Cuando Eva le contó a Alex de los ataques, él le insistió
que, ante la demencia del mundo, lo mejor –él ya lo había constatado– era la inacción. Una postura que Eva no
compartía. La noche en que August Lammers replicó en su

columna las acusaciones contra Eva, Alex le recomendó no responder: solo le darás más importancia al pobre diablo. Markus, por el contrario, le había dicho que, llegados a este punto, no había más remedio que darle una sacudida al miserable. La pelea entre Alex y Eva, como cada una de las que acumulaban, los dejó agotados. Cuando se fueron a la cama, ella aún no había decidido qué hacer. Al despertar, descubrió que alguien ya lo había hecho en su lugar: al abrir el *Dageblat*, Eva se topó, al lado de un nuevo comentario sarcástico de Lammers, con el manifiesto del Frente Unido Contra la Corrupción Ambiental: un grupo del que Eva jamás había oído y que, amparado en las denuncias del Destapador Sanguinario, exigía su cese.

7
FUCCA

–¿Quiénes diablos forman ese Frente? –se desgañitó Eva por el teléfono.

–Ni idea.

–¿Existe?

–Si antes no existía –repuso Markus–, ahora sí.

Eva pasó la mañana sumida en conferencias telefónicas con el viceministro y con su jefe de gabinete: ninguno de los dos había oído jamás hablar de ese grupo. Los firmantes, que invocaban el anonimato para eludir posibles represalias –¿cuáles represalias?, se preguntaba ella, furiosa– repetían los argumentos de la cuenta del Destapador Anónimo para exigir el despido de Eva: se decían ultrajadas por su hipocresía; afirmaban que Eva le había conseguido jugosos contratos a Stella; e insinuaban que su relación excedía lo profesional. Su actuación era inadmisible en un gobierno que prometía transparencia y una lucha permanente contra la corrupción. Eva Lundqvist, concluían, era una farsante que se aprovechaba del discurso ecologista para satisfacer su avaricia.

–¡Jamás ha habido una queja o una protesta formal de ningún regulador energético! –le repitió Eva a cada persona con la que hablaba–. Hemos creado la legislación más avanzada en Europa, el mundo al revés.

–Quizás no haya mucho qué entender –le respondió Arald Johanssohn, su jefe de gabinete–. Para mí que se trata de una conspiración de los conservadores en contra tuya y de la primera ministra.

Johanssohn solo pensaba en política: era uno de esos funcionarios nacidos para vivir detrás de un escritorio.

–¿Tenemos modo de averiguar quién está detrás?

–Lo estamos intentando –concluyó Johanssohn.

Markus le dijo que prepararía una declaración institucional para desmentir cada punto y expresar el compromiso de Eva con la transparencia.

–¿Crees que sirva de algo, Markus?

–Tenemos que observar cuánto crece el escándalo –le advirtió él–. Con un poco de suerte, se convertirá en un tema menor y en unos días terminará en el olvido. Crucemos los dedos.

Eva no estaba de acuerdo con su portavoz: quienquiera que hubiese fraguado esta campaña –ya no podía llamarla de otro modo– no parecía dispuesto a transigir.

–Lo único que puedo decirte, Eva, es que deben ser personas muy cercanas a nosotros –le dijo Markus antes de marcharse.

Un comentario que la sumió en la más irritante paranoia: ahora no podría ver a nadie –ni siquiera a su secretaria– sin un halo de recelo.

8

SOSPECHAS

Cuando Eva por fin se reunió con Stella en un café del extrarradio –no era buena idea que las viesen juntas–, la encontró aún más desconcertada y afectada que ella misma: unas hondas ojeras enmarcaban sus ojos grises, arrancándole un poco de su jovialidad. Pidió dos expresos dobles –solo bebía infusiones de yerbas– y los deglutió como *shots* de vodka.

–No he dormido en toda la semana.

Eva procuró mostrarse empática; le dijo cuánto lamentaba que este individuo –estaba convencida de que era uno solo y, a diferencia de Markus, se resistía a usar el plural– se hubiese ensañado con ella y le ofreció su apoyo: la verdad Eva hubiera requerido la misma solidaridad. A continuación, se lanzó a hacer lo que menos se le antojaba: interrogar a Stella para discernir si los ataques provenían de alguien de su entorno. Las dos agotaron varias horas barajando posibilidades, convertidas en aprendices de detective.

–Lo que más me perturba, Eva, es que los ataques sean tan personales –se lamentó Stella–. Yo no creo que se trate de una conspiración política.

Con más experiencia a cuestas, la ministra no estaba tan segura.

–Quiero responderle a Lammers –exclamó Stella poco después, con la voz aguda y temblorosa.

Eva preveía que le pediría justo eso –conocía su carácter incendiario–, pero Markus le había recomendado aplacarla: por el momento, lo mejor era una declaración institucional.

–No quisiera que te expongas.

–No estoy dispuesta a quedarme callada –insistió Stella.

–Te pido que antes converses con Markus.

Por la tarde, Markus contactó a Eva con un *hacker* que tal vez podría ayudarla. Habló con él por más de una hora; al final, Eva quedó tan abrumada como decepcionada. Tanto ella como Stella debían seguir una serie de recomendaciones para evitar el robo de datos –medidas elementales que, a regañadientes, Eva ya había empezado a tomar: cambiar de número y contraseñas, asegurarse de que sus equipos de oficina estuvieran protegidos y a salvo de virus– y le explicó que penetrar en una cuenta del pajarraco azul era casi imposible: solo lo habían logrado unos cuantos genios para suplantar, en un par de ocasiones, a Donald Trump. Era mucho más importante analizar cada uno de los trinos para tratar de establecer de dónde provenía aquella información. A primera vista, concluyó la *hacker*, parece alguien que solo tiene a su disposición información pública.

De vuelta en la casa de campo de Alex, adonde había decidido refugiarse, Eva recibió la llamada urgente de Stella. Estaba furiosa. Cuando al fin logró tranquilizarla, se quejó de Markus: como si fuera su jefe, se había dedicado a darle instrucciones.

–Yo no trabajo para ustedes –le gritó Stella.

–Él solo busca hacer su trabajo, que es proteger al ministerio –le dijo Eva para justificar a Markus.

–¿Al ministerio o a la ministra?

La pregunta daba en el clavo: conociéndolo como lo conocía, era probable que a Markus solo le preocupara ella, no un simple daño colateral.

Su amiga ni siquiera se despidió antes de colgar. Eva empezaba a preocuparse: si Stella era impredecible, la presión la convertía en una bomba de tiempo.

9
LA RESPUESTA

Eva y Markus se desvelaron redactando y corrigiendo la declaración institucional que enviarían por la mañana al *Dageblat*: comenzaba con una descalificación de Lammers, a quien señalaban por su falta de ética; a continuación, lamentaba que un rumor pusiera en entredicho la carrera de varias personas; insinuaba que el Frente Unido Contra la Corrupción Ambiental era un invento del autor o autora de aquellas calumnias; y, en último término, defendía a la ministra y enumeraba las acciones que había llevado a cabo para garantizar la transición energética.

Acompañando el comunicado, Markus dirigió al periódico una carta firmada por sesenta organizaciones ecologistas que se solidarizaban con Eva. Y, por último, aparecía la respuesta de Stella: un texto emocional –el estilo es la mujer misma– donde insistía en que jamás había faltado a la ética empresarial y abría la puerta a una demanda por daño moral. Eva estaba convencida de aquel sería el final de la pesadilla.

Se equivocó: las tres cartas que publicó el *Dageblat* aquel primer domingo de marzo solo avivaron el fuego. Sintiéndose atacado, Lammers no solo no tuvo la decencia de disculparse, sino que se afianzó en sus dichos, sabedor de que, en el pulso entre un periodista y un miembro del gobierno, él primero siempre lleva las de ganar. Estaba seguro de que a la postre nadie se atrevería a demandarlo: un acto que él habría calificado como un atentado contra la libertad de expresión. Por si fuera poco, se encargó de darle espacio junto a su columna a los anónimos integrantes del FUCCA: de nuevo sin identificarse, redoblaron sus denuncias; se dijeron intimidados ante las acciones de Eva Lundqvist; reivindicaron su vocación de justicia ambiental; y volvieron a exigir, con palabras aún más altisonantes, su renuncia.

–Es de locos –exclamó Eva nada más cerrar el diario.

Markus coincidió. Por desgracia, como le detalló a Eva, las reacciones en redes no eran halagüeñas: un setenta por ciento de los comentarios decían creerles más a las integrantes del FUCCA que a la ministra. Y, para colmo, la petición en Change.org para exigir su renuncia alcanzaba ya las diez mil firmas.

–¡Pero si no tienen ninguna prueba ni de que yo haya sido culpable de tráfico de influencias! –se exasperó.

–Lo sé, Eva, lo sé –le dijo Markus–. El problema es que una calumnia repetida mil veces se vuelve verdad. Y ellos ya han multiplicado esa cifra.

Justo en ese instante repiqueteó el teléfono rojo de la oficina de Eva: la primera ministra la convocaba a una reunión esa misma tarde.

10
MARGIT-ANN

Siempre se miraron con recelo, si no con hostilidad. Cuando Eva apenas iniciaba su carrera de activista, Margit-Ann Jönsson llevaba años en las primeras líneas de la política y, pese a su militancia socialdemócrata –su padre había llegado a alcalde en los setenta–, para Eva encarnaba los peores vicios del sistema: una tibia defensa de los derechos sociales a cambio de mantener intacta la estructura vertical del poder. Margit-Ann provenía de Malmö, había estudiado leyes en Gotemburgo y desde muy joven se había afiliado al Partido, donde ocupó cuanto cargo estuvo a su alcance, tanto a nivel municipal como nacional, hasta escalar al ministerio de Justicia durante el gobierno de Göran Persson. No se le conocía otra virtud que su férrea persistencia de *apparátchik*: siempre del lado correcto de la historia, siempre enarbolando las causas de moda, siempre dispuesta a cualquier concesión a cambio de un ascenso. Durante los años que acumulaba en la arena política, no se le conocía otra oscuridad que la aridez de su carácter. Cuando, tras la agitada noche electoral, Eva recibió una llamada suya –en los actos protocolarios se evitaban–, se quedó atónita: jamás se habría imaginado que esa mujer a quien veía como su antítesis fuese a invitarla a su gobierno. Nunca supo quién le aconsejó la maniobra: Margit-Ann Jönsson jamás daba un paso en falso, alguna ventaja debía reportarle aquel gesto.

–El país necesita a alguien como tú –le dijo la primera ministra.

Eva se sonrojó –¡era capaz de sonrojarse!–, llevaba años soñando con una oportunidad así: poner en práctica, desde dentro de las instituciones del Estado, aquello por lo que llevaba una vida de combate. Solo por hacerse la interesante, Eva agradeció la oferta y le dijo que necesitaba meditarlo y consultarlo con Alex: en realidad ya había tomado su decisión.

Desde su primera reunión en el despacho de la primera ministra ajustaron las reglas del juego: jamás serían amigas –el pasado las distanciaba sin remedio–, si acaso buenas compañeras de trabajo, pero sin duda podrían formar un equipo en el cual ambas ganarían.

–No tolero las mentiras y menos las medias verdades –le advirtió Margit-Ann–. Si surge un problema, debes contármelo de inmediato, no quiero tener que ser yo quien lo resuelva.

A sus sesenta y tres, era una mujer robusta y canosa que no ocultaba cuánto disfrutaba el poder; se vestía con trajes sastre color gris rata siempre idénticos –atesoraba unos cuarenta–, jamás se peinaba y disponía de una voz de trueno. Para nadie era un secreto que desde hacía un cuarto de siglo compartía la vida con una empresaria modosa y diminuta –su exacto opuesto–, pero había decidido no fundar su carrera en la militancia LGTBIQ+, sino en los entresijos del Partido para agenciarse los votos de la derecha. Su estilo personal de mando era el terror: cada lunes organizaba un café con sus subordinados y elegía a uno para exhibir ostentosamente sus errores; no evitaba ser sarcástica y despiadada aunque, una vez concluida la humillación, solía llamarle a su víctima para excusarse por su dureza. A lo largo de estos meses, Eva solo había sufrido una de esas ejecuciones sumarias por culpa de una nimiedad; resistió con estoicismo la zarandeada de Margit-Ann, pero, al término del cafecito, irrumpió en su oficina y le prohibió dirigirse a ella en esos términos: de otro modo, primera ministra, le dijo, aquí tiene mi dimisión. Margit-Ann no volvió a escogerla para sus autos de fe semanales, aunque ello no la moderó con los demás.

–Siéntate –le ordenó a Eva en cuanto entró en su despacho.

Los muebles de roble se teñían con una pátina mohosa; Eva se acomodó en un sillón de brazos verde olivo, demasiado alto para ella, y Margit-Ann le preguntó si quería tomar algo; sin esperar respuesta, activó un timbre y pidió dos infusiones que un camarero no tardó en entregarles. Mientas Eva se preparaba para hablar, la primera ministra se le adelantó:

–Primero que nada, Eva querida, debes saber que te creo –le dijo–. Y que voy a creer todo lo que me digas, así que no es necesario entrar en explicaciones innecesarias. La realidad aquí, a fin de cuentas, es lo de menos: lo único que importa son los sentimientos de nuestros votantes. ¿Y sabes qué sienten ahora? Que la ministra de Sustentabilidad está ligada con empresas que medran con energías sucias. Yo sé que no es así, no me malinterpretes, por favor, tengo el recuento exhaustivo de cada acción que has tomado desde que me hiciste el honor de aceptar este puesto en mi gabinete: no tengo dudas de tu integridad. ¿Cómo resolver algo que no tiene que ver, pues, con los hechos, sino con la idea de los hechos? Esa es justo la política, al menos desde mi concepción. Así que solo te pido una cosa: ataja esas ideas cuanto antes. No dejes que se reproduzcan como hidras. Arráncalas de tajo. ¿Cómo? Esa es la pregunta, Eva querida: ¿cómo? Hay muchas posibilidades, sin duda, pero solo importa la que tomarás tú. Confío en ti tanto como cuando te llamé para ofrecerte el ministerio. Solo quiero hacerte una última recomendación: sea cual fuere tu estrategia, debe ser radical.

Sin saber si debía contradecir a su jefa, excusarse por el escándalo o dialogar con ella, Eva le dio un sorbo al té que le escaldó los labios: esa fue su perdición.

–Gracias, Eva querida –le espetó la primera ministra y, sin siquiera estrecharle la mano, volvió a su escritorio.

11
LA PANDEMIA

Sobrevino entonces lo inconcebible: esa ola purulenta que trastocó incontables vidas –y segó tantas otras– y que, entre sus efectos, provocó un brutal cambio en las preocupaciones cotidianas: lo que antes parecía importar, ahora resultaba irrelevante. La primera ministra optó por un enfoque bastante idiosincrático en relación con sus contrapartes europeas –un puñado de medidas sanitarias sin confinamiento– y los demás temas de su agenda quedaron en espera de tiempos mejores.

Durante esos meses, Eva estuvo dedicada en cuerpo y alma a atajar los conflictos derivados de aquella distopía, convirtiéndose en una de las ministras mejor valoradas del gabinete. Recordaría ese tiempo agitado y caótico como un oasis: todo era nuevo, sorprendente y terrible, había que ajustar las prioridades y reinventar el mundo. Temeroso de contagiarse, Alex permaneció enclaustrado a cal y canto en su casa de Gävle, en tanto ella apenas salía de su oficina en Estocolmo, dedicada día y noche –largas noches– a atender sus responsabilidades. A Markus y a Stella los veía en largas sesiones de *zoom*: por distintas razones –la diabetes de él, la paranoia de ella–, ambos habían preferido trabajar desde sus casas. A ratos se sentía como la última prisionera en una cárcel abandonada: los largos pasillos del ministerio, antes atestados, ahora le pertenecían solo a ella.

Al final, tanto Eva como Suecia y el planeta sobrevivieron mal que bien. Pese a las críticas a la primera ministra y al epidemiólogo que eligió para lidiar con la pandemia, su gestión no fue peor que la de otros países. A fines de año, tanto Eva como su jefa podían respirar: en el horizonte se entreveían las vacunas y, con ellas, el ansiado regreso a lo que políticos menos escrupulosos denominaban *nueva normalidad*. Eva no estaba muy segura de querer regresar a su vida anterior: a su intimidad con Alex, sus interminables viajes y la zozobra previa a la catástrofe. ¿Qué pasaría cuando terminara o al menos se aplacara la emergencia? ¿Quien la odiaba aprovecharía para reaparecer?

No debió esperar mucho para constatarlo: una semana antes de Navidad, la cuenta del Destapador Sanguinario resucitó de entre los muertos. Otra vez el mismo hilo con las mismas acusaciones, la misma ira, el mismo sinsentido, como si nada hubiera ocurrido entremedio. Con una diferencia: esta vez nadie le prestó atención. Nadie, ni siquiera Lammers, a quien se le había agudizado la cirrosis, retomó los exabruptos. En una clara muestra de desesperación, el autor o la autora de los trinos incrementó los insultos y las obscenidades contra Eva y Stella, sin éxito.

–Tal vez –le dijo Eva a Markus en su primera en el ministerio–, tal vez algo aprendimos en estos meses.

12
NUEVA NORMALIDAD

La tranquilidad duró poco: tras unas semanas de abrumadora solidaridad y esperanza en el género humano, el nuevo mundo volvió a ser el de antes. Al tiempo que desaparecieron las mascarillas se esfumaron los deseos de construir una sociedad mejor, como si la pandemia no hubiera sido más que un paréntesis. Eva tenía más trabajo que nunca y se encaramó otra vez en la palestra para opinar un día sí y otro también sobre el cambio climático y las energías renovables; la derecha, por su parte, redobló sus ataques contra la ministra, cuya laxitud, según sus voceros, le costaría más caro al país que la pandemia. Demasiado concentrada en sus tareas, Eva había dejado de pensar en la campaña en su contra y recuperó contacto con Stella. Acaso con menor intensidad, aunque con mayor convicción –los años no pasaban en balde–, desempolvó su espíritu juvenil. Su carrera retomó su rumbo: de pronto sentía que todas las posibilidades, incluso las que nunca se atrevió a imaginar, como el despacho de la primera ministra, se abrían para ella. Justo entonces Markus la devolvió a la realidad.

–Recibí un mensaje de los integrantes del FUCCA –le anunció–. Me piden reunirme con ellos.

Eva palideció: siempre imaginó que el supuesto Frente era la invención de una sola persona y que nadie quería su dimisión.

–Me han pedido absoluta confidencialidad –insistió Markus.

Eva sintió una piedra en el estómago.

–¡Diles que, si en verdad tienen alguna prueba en mi contra, la muestren y, si no, que me dejen en paz!

Cuando su portavoz cerró la puerta de su despacho, Eva se derrumbó sobre el escritorio. Un par de días más tarde, Markus le dijo que, en su última comunicación, ellas le advirtieron que seguirían su lucha por otros medios.

–Otros medios –recalcó.

13
EL CESE

Como cada lunes, Eva tomó su carpeta –tenía mil asuntos urgentes– y se dirigió al despacho de la primera ministra. Una insólita resolana cubría las calles de Estocolmo en pleno marzo; estacionó su bicicleta y subió las escaleras provista con una energía y una confianza apabullantes.

–Siéntate –la recibió.

Como de costumbre, tenía lista su infusión de yerbabuena.

–Buen día, Margit-Ann –la saludó y extrajo el fólder con los papeles que quería mostrarle.

La primera ministra hizo un gesto inequívoco.

–Hoy no voy hablarte como tu jefa, sino como amiga –le advirtió–. Los tiempos han cambiado, Eva querida. A estas alturas eres un símbolo. Y los símbolos, por desgracia, deben mantenerse incólumes. Para mí esto es más difícil que para ti: yo perderé una aliada crucial, tú en cambio volverás a lo que en verdad te interesa. Le perteneces a la sociedad, no al gobierno, Eva querida. Agradezco que hayamos aparcado nuestras diferencias y que llegáramos a ser, sí, amigas.

–¿Estás pidiendo mi dimisión, Margit-Ann?

–Te estoy devolviendo la libertad, Eva. Eres mejor activista que funcionaria. Por desgracia, te has vuelto demasiado incómoda para tus propios aliados ecologistas.

–Estoy segura de todo este montaje es la invención de una sola persona.

–Markus no opina lo mismo.

–¿Markus? –trastabilló Eva.

–Vino a verme, el pobre. Muy atribulado. No la tomes contra él, de verdad. Me contó de sus comunicaciones con los integrantes de FUCCA. Te lo dije antes: no creo en las acusaciones, Eva querida, no me malinterpretes. Pero sí en su rabia. Una rabia que, si no se detiene, se va a desbordar. ¿Y sabes adónde llegará? Tengo la obligación de frenarla por el bien del país. Y por el tuyo, Eva querida.

–¿Las crees más a esas acusaciones anónimas que a mí?

–Le creo a Markus, quien, según sé, es tu más fiel aliado. Te deseo toda la suerte del mundo.

En esta ocasión, Eva no iba a permitir que Margit-Ann se quedara con la última palabra.

–Nada más te voy a pedir una cosa –le advirtió desde el vano–. Te prohíbo que repitas que somos amigas.

14
CLARIVIDENCIA

Solo entonces, mientras bajaba por los escalones de la oficina de la primera ministra en Rosenbad, en pleno centro de Estocolmo, Eva Lundqvist dibujó en su mente la trama completa, ató los cabos sueltos y atisbó de dónde provenía la información confidencial que habían divulgado aquellas cuentas –¡ella misma había sido la fuente!–, identificó quién estaba detrás de los trinos y los ataques contra ella, contra Stella y contra Alex y reconoció, sin asomo de dudas –poco importaba que no hubiera forma de probarlo–, quién había tenido la hipocresía y la perversidad necesarias para inventarse el Frente Unido Contra la Corrupción Ambiental y escudarse en el anonimato para exigir su renuncia; supo, al fin, quién la amaba y la odiaba en idéntica medida.

TRANSPARENCIA

the bird is freed

Elon MUSK

#*VIVA JULIA JAHN.*
#*Muera Julia Jahn.*
Que se retuerza.
Merecido se lo tuvo.
Hiena.
Solita se lo buscó.
Almizclera.
Mofeta.
Se burló de cada uno de nosotros. De *cada* uno.
Muy chistosita, la astrosa.
Astrosa y marrullera.
Rata.
Guacamaya.
Que la lapiden.
Ya la lapidaron, macaco.

Que la lapiden de nuevo, chimpancé.

#Muera Julia Jahn.

#Viva Julia Jahn.

Miserable trotamundos engañabobos hipófisis histriónica hija de la achuchona meretriz.

Si no tienes idea de quién era Julia Jahn, infórmate antes de opinar.

¿Y tú sí habrás rescatado nuestra memoria, verdad?

¿Y tú sí habrás dejado todo para refundirte con los originarios, no?

¿Y tú sí habrás dejado la vida por los bilibil, eh?

A Julia Jahn yo no le creo nadita.

Yo menos.

Nadie defendió tanto a los bilibil como Julia Jahn, los sobrevivientes de nuestra tribu la lloramos.

Aquí el monumento a Julia Jahn en la zona tribal bilibil.

Vaya adefesio.

Charamusca.

Escobetilla.

¿Quién lo diseñó? ¿A quién se lo comisionaron? ¿Cuánto costó? Igual de corruptos que los de antaño.

Ahora resulta que Julia Jahn merece una estatuita.

Si ella tiene una, ¿por qué yo no? A ver, así, con las manos extendidas y la mirada en lontananza.

Ya no se acuerdan de los millones dilapidados en la Torreta de la Emancipación, ¿verdad?

Suprarrealistas embusteros.

¿Un restaurante egipcio que recomienden por la zona de San Goliardo?

¿De veras existen los bilibil o será otra noticia falsa?

Antes de 1904, los bilibil vivían en un islote cercano a Madang…

…su lengua, de la familia austronesia, es el bilibil…

…no cuenta con palatales ni nasales…

…ni adverbios ni adjetivos…

…su principal actividad económica es la pesca de cetáceos…

… ahora sus principal fuente de ingresos es el turismo…

…y las ceremonias iniciáticas para extranjeros…

…cada clan disponía de una cabaña exclusiva para varones donde no entraban las hembras.

Con razón defendía Julia a esos barbajanes.

Aquí una canoa bilibil.

Qué primor.

Una mirruña.

No seas condescendiente.

Solo decía que es linda.

La usaban para cazar manatíes, troglodita.

#Muerte a los carnívoros.

#Veganos al exilio.

¿Recuerdan al tipejo que las comercializaba? El más deleznable acto de apropiación.

Cállate, astroso.

Nos tratan como reliquias, los bilibil estamos vivitos y coleando.

Los bilibil exigimos autonomía e igualdad, no palabras ni monumentos.

Bilibil o no bilibil, esa mujer solo quería llamar la atención.

Serás muy altruista, zarigüeya.

Los bilibil dejábamos nuestras huellas en estas tierras siglos antes que ustedes llegaran y nos hacíamos al mar recogidos y en silencio.

Invasores, conquistadores, babuinos, eso somos, aceptémoslo.

#Restitución de marismas a los bilibil.
¿Y si mejor erigimos una estatua a los bilibil?
Un monumento al Mandatario.
Firmen aquí para exigir el monumento al Mandatario.
Firmen aquí para exigir que jamás haya monumentos al Mandatario.
Ningún monumento eliminará las torturas que los bilibil hemos sufrido en estos trescientos siete años y medio.
El Mandatario nos conmina a pedirles perdón.
Ellos nos deberían pedir perdón a nosotros, vividores.
¿Y si mejor les preguntáramos a los bilibil?
Exigirán más subsidios a costa de nuestros salarios, los originarios son holgazanes irredentos.
¿Y tú sí serás muy trabajadora, urraca?
Pago mis impuestos, no como ustedes, alimañas.
Antes de que arribaran a estas tierra los suprarrealistas, los bilibil eran caníbales, a eso se le llama civilizar.
¿Una sociedad que se regocija en lapidar a sus miembros, que desoye sus epopeyas…
…que sojuzga a los originarios, que destripa a las bestias…
…que empuerca los ríos, que horada los suelos…
…que sojuzga a las hembras y los indefinidos?
…no, no somos civilizados.
Al menos no somos caníbales, lagarto.
¿Ah, no? ¿Y esta imagen de qué es? ¿De un retiro budista?
Todos participamos en el pajarraco azul por voluntad propia, si no les gusta, lárguense.
¿Saben a quién pertenece el pajarraco? ¿Quién se hace rico a nuestras costillas? ¿Adónde se almacena nuestra información?

Esta voz ha sido silenciada por violar los términos del servicio.

El pajarraco es un espacio independiente y libre, no como cuando los suprarrealistas controlaban los medios predigitales.

¿Libre de pólvora?

¿Libre de champiñones?

¿Libre de hormonas?

¿Libre de parásitos como tú?

Pasquines inmundos, aseveró el Mandatario.

Vivimos la época más libre de la historia, aunque no les guste, suricatos.

#*Viva la 17R.*

¿Y cuál es esa libertad, si se puede saber?

#*17R asesinos.*

La de decir aquí lo que se te antoje, sin la menor traba. ¿Te parece poco, sabandija?

A qué precio, búfalo.

Para hacer unos buenos huevos revueltos hay que…

Todavía no me repongo, ¿de veras tenemos que compartir aquí esas imágenes? No me parecen aptas para menores.

Y son demasiadas, qué bárbaro.

#*Viva Julia Jahn.*

#*Muera Julia Jahn.*

¿Preferirías censurarlas? En el viejo régimen ya nos ahogaron demasiadas oscuridades y tinieblas.

Cero tolerancia a la censura.

Cero. Cero. Cero.

¿De veras crees que en el pajarraco no censuran?

Esta voz ha sido silenciada por violar los términos del servicio.

La lapidación de Julia fue espeluznante e inhumana.

#Viva Julia Jahn.

#Muera Julia Jahn.

#Restitución de tierras a los bilibil.

Muy buenos días desde un país donde los translúcidos acumulan más secretos que los suprarrealistas.

En el pajarraco todo se hace público, marrano, si no te gusta, cambia de plataforma.

La transparencia es el principal valor de nuestra sociedad, nos la ganamos con sudor y lágrimas.

Y esperma.

#Viva la 17R.

#Viva la 17R.

#Viva la 17R.

#Viva la 17R.

Son igualitos a los de antaño. No: peorcitos.

#17R asesinos.

Desde la llegada al poder del Mandatario se ha derrumbado la economía…

…cesó la inversión extranjera…

…nuestros vecinos recelan…

…se reprime cualquier desacato…

…a palazos, como en la marcha del 4 de agosto…

…¿eso es ser traslúcido?

Vástago de Cross, como Julia Jahn.

Julia y Cross ni se conocían, no desinformes.

A Cross le pagan sus videos y sus podcasts las potencias extranjeras, acá está bien documentado.

#Cross golpista.

Cross mantiene sus recursos en al menos tres paraísos fiscales, ¿quieren ver los documentos?

Videos Cross.

Podcasts Cross.

Libros Cross.

Un emporio gracias a sus vínculos con los suprarrealistas.

El Mandatario dedicó 68 páginas de su más reciente opúsculo a demostrar que Cross es un bandido.

Bandidos ambos.

#Abajo el Mandatario.

#Cross golpista.

¿Alguien sabe cuándo se empezaron a construir casas translúcidas?

Hasta un niño de párvulos lo sabe, 2033, abre tu Wikinario.

Solo preguntaba.

Turuta tu madre.

Turuta la tuya.

2.458.566 trinos en una semana. Eso fue lo que recibió Julia. ¿Se atreven siquiera a imaginarlo?

A mí me fascinan las paredes traslúcidas, que todo el mundo me vea, no tengo nada qué ocultar, ¿ustedes sí?

Astrosa.

Nostálgico.

#Viva Julia Jahn.

#Muera Julia Jahn.

Ya la lapidaron, ¿no te enteras?

¿Cuándo?

Ayer, si tienes estómago aquí puedes ver lo que quedó de la pobre.

Pellejos.

Vísceras.

Que se pudra en el averno, la muy trucha.

#Viva Julia Jahn.

#Muera Julia Jahn.

¿Ya vieron esta foto de Julia con Cross? ¿No que no?

Fue en una ceremonia pública por el aniversario del Acta de Emancipación, había otros 300 invitados, marrano.

Ella dijo que no lo conocía, orangután.

Astrosa y mentecata.

Que nunca le estrechó su mano, y mírala.

Tiene bonitos dedos la Julia, lo que sea de cada quién.

Tenía, jirafa.

¿Mis ojos me engañan o ese es un anillo de compromiso?

Vaya vaya, Julia noviando.

¿Alguien sabe con quién salía Julia Jahn?

¿Alguien sabe cuánto cuesta este anillo de compromiso?

Es un diamante, sin duda.

Es una zirconia, cachalote.

Julia era bi.

Su lista, dicen, era larga.

Se acostaba con cualquiera que le prometiese subir sus rátings.

¿Es cierto que tuvo un hijo con un comisario bilibil?

Hay que denunciarla.

#*Viva Julia Jahn.*

#*Muera Julia Jahn.*

¿Qué se podía esperar de una discípula de Cross?

Él la defendió hasta el último segundo, ¿recuerdan?

¿Cuánto recibiría Cross de los suprarrealistas? ¿Y cuánto se habrá embolsado Julia a su lado?

Los suprarrealistas ordeñaron el Tesoro por siglos, nuestro Mandatario acabó con el desfalco y el despilfarro.

Y con los museos.

Y con la novela policíaca.

Y con el arte abstracto.

Y con la música atonal.

Y con los astrónomos

#Mueran los astrónomos.
#Astrónomos corruptos.
Y con los fenomenólogos.
#Mueran los fenomenólogos.
#Fenomenólogos corruptos.
¿De qué le servían a la humanidad la música atonal o el arte abstracto? Privilegios de unos cuantos.
#Muera el arte abstracto.
#Muera la música atonal.
Quezque los derechos humanos y la libertad de expresión y el derecho al olvido y no sé qué cuentos.
Ya no tienen los privilegios de antes, gorilas, entiéndanlo.
#Viva la 17R.
#17R asesinos.
#Viva la 17R.
#Viva la 17R.
#Viva la 17R.
#Viva la 17R.
Como si ustedes, suprarrealistas, tuvieran las manos limpias, con su avalancha de desapariciones y desahucios.
Al menos no lapidábamos así como así.
¿Quieres cifras? Medio millón de calaveras con su desmadrada Depuración de Cárteles.
Y en lo oscurito, prosaicos.
#Exmandatarios al exilio.
#Cárcel a los suprarrealistas.
#Exmandatarios al exilio.
#Cárcel a los suprarrealistas.
Arriba el Mandatario.
#Abajo el Mandatario.

Hay testimonios de que Cross cobró cientos de miles de leys por tres videítos para el ministerio de Sustentabilidad.

Cientos de miles, no tiene llenadera.

Cochinilla.

Pelotero.

#Cross al Exilio.

Dicen que ya anda en Indonesia.

Qué va, sigue en su palacete de la Colina, con nuestros impuestos.

#Cross al poder.

#Todos somos Cross.

¿Cómo pagaría ese palacete? ¿Alguien que calcule el costo solo de la herrería?

Aquí la no-escultura a las víctimas de la Depuración de Cárteles.

Un chilaquil.

Un nabo.

Un taburete.

Una alacena.

¿Cuánto costó, eh, cuánto? ¿Y quién lo pagó? No me digan que fue una colecta, no somos tan astrosos para creerles.

De seguro Cross y la Julia para lavarse la cara.

Para alegrarles el día, aquí mi delicioso desayuno de hoy…

…enchiladas de pipián morado…

…y aquí mientras me ducho.

¡Mamacita!

¡Debería darte vergüenza!

Mantecosa.

¿Enseñas otro poquito?

…violaría los términos del servicio…

¿Me das tu número?

…aquí les pongo mejor mi lunch…

...albóndigas de tofu con verdolagas y puré de chícharos...

...y aquí la fiesta de cumpleaños de mi hija Toribia...

¡Qué feúcha!

...y aquí Soleta, mi gatita...

Ahhh.

Ahhh.

Ahhh, qué mona.

Y aquí otra vez Soleta...

...y aquí otra vez Soleta...

...y aquí otra vez Soleta...

Ahhh.

Ahhh.

Ahhh, qué mona.

Chiquita.

Preciosa.

La amo.

...es mi gatita, no la tuya, salitroso...

#*Más tetas y menos gatitos.*

...y aquí Lucho, mi maridín...

...y nuestra cena de hoy...

...quesadillas de uretra rebozada con salsa macha...

...me salen, uy, ni se imaginan ...

¿Das la receta?

¿Das las nalgas?

...y aquí el listado de nuestros ingresos y gastos del mes...

...nada qué ocultar, no como ustedes, moluscos.

Me matas del aburrimiento, ternerita. ¿A quién le importan tu parentela y tu bestezuela y tus desfalcos?

Te voy a denunciar, cucaracha.

Y yo te voy a denunciar a ti, urogallo.

Hagan sus apuestas.

Y aquí Soleta, mi gatita.

Ahhh.

Ahhh.

Ahhh, qué mona.

¿Tu maridito es el de los autobuses varados, no?

Te lo advertí, ya te bloqueé.

…el funcionario que compró una flotilla de autobuses que no ruedan…

…y anda paseándose por la Costa de los Guajolotes, muy orondo, muy impune, como si nada.

Habría que lapidarlo.

Turuta tu madre.

Turuta la tuya.

Lapidarlo, lapidarlo, lapidarlo.

Que ningún denunciado tenga voz nunca jamás.

Cross es parte de la masa accionaria del pajarraco, síganle haciendo el jueguito.

Esta voz ha sido silenciada por violar los términos del servicio.

Perdonen la interrupción, ¿alguien me podría explicar quién es Julia Jahn?

Llegaste medio tarde, borriquilla.

Julia Jahn, la gran defensora de los bilibil, parece mentira, no se habla de otra cosa hace una semana.

No me pobretees.

Pues no preguntes babosadas.

¿Una semana? Nadie aguanta tanto en el pajarraco.

Eso demuestra la relevancia de Julia Jahn.

#Viva Julia Jahn.

#Muera Julia Jahn.

Muy buenos días desde un país donde se lapida una persona al día mientras el Mandatario se muerde las uñas en cadena nacional.

A menos que sea uno de sus ministros.

Cermeño, de Vialidad, con sus contratos leoninos.

Estívaliz, de Compras, y su colección de coches antiguos.

Rupérez, de Energía, con cuatro mansiones sin transparentar.

Aguinaco, de Sustentabilidad, y sus viajecitos de turismo sexual a Timor Oriental.

Giménez, de Bienestar, con sus cuentas *offshore*.

Espíndola-Gutiérrez, de Ciencias, y sus plagios.

El Mandatario siempre lanza la primera piedra.

Quien a hierro.

Denunciemos esta agresión contra el Mandatario. Firmen aquí.

Denunciemos al Mandatario. Firmen acá.

Julia Jahn (Puerto Moresby, 2025-Wewak, 2043), activista y defensora de las comunidades originarias, fue asesinada…

Lapidada.

#Viva Julia Jahn.

#Muera Julia Jahn.

¿Alguien ha entrado en una retrocasa?

Mira que dejar la fachada transparente solo para construirse otra vivienda en lo oscurito, saltamontes.

Lapidemos a quienes se resisten a la transparencia.

Lapidemos, lapidemos, lapidemos.

Eso hacen ustedes a diario, zopilotes.

Ya llevamos 223 firmas para denunciarte, salamandra.

¿Conocen a alguien que se haya agenciado una retrocasa? Iniciemos un movimiento para denunciarlos.

Mi vecina de arriba.

Mi pareja del tenis.

Mi sobrina y su noviecita.

Cuatro de mis primas, cuatro.

Mi jefe.

Mi jefe.

Mi jefe.

El gerente de compras.

Mi madre.

Rupérez.

Estívaliz.

El hijo mayor del Mandatario.

Los accionistas del pajarraco.

Esta voz ha sido silenciada por violar los términos del servicio.

#17R asesinos.

#Viva la 17R.

#Viva la 17R.

#Viva la 17R.

#Viva la 17R.

Las lapidaciones son la única herramienta con que contamos los olvidados para desinvisibilizarnos.

Una flecha hacia el futuro.

Un retruécano.

Una luz en el firmamento.

Cursi.

Astrosa.

Turuta tu madre.

Turuta la tuya.

Sin debido proceso, sin garantías ni derechos, sin presunción de inocencia, nada, así se las gastan hoy los translúcidos.

Juicios sumarios, ejecuciones sumarias.

Y ningún señalado puede defenderse porque lo lapidan de inmediato.

Porque todos los señalados son culpables.

Suprarrealista de clóset.

¿Saben si al final Julia comulgaba con el Mandatario o al revés, el Mandatario con Julia?

El Mandatario jamás le habría sonreído, ya crees.

¿Y esta foto del Mandatario y ella a carcajadas?

Fake news, alimaña.

Photoshop.

Las lapidaciones son públicas. Si millones participamos en ellas, por algo será.

Donde el río suena.

Es nuestro derecho, no les gusta porque lapidamos a los privilegiados de antaño, nostálgicos.

¿Alguien ha pensado en las hijas de Julia?

De tal palo.

Argüenderas.

Lampreas.

Enanas.

Tienen 14 y 15 años, onagros.

Bastante regordetas para descubrir que su madre era una hija de la achuchona.

Hipócrita.

Heroína.

Salmuera.

Prócer.

Remiendo.

Libertadora.

Mendiga con garrote.

#17R asesinos.

#Viva la 17R.

2 458 566 trinos en una semana. Repito: 2 458 566 trinos en una semana.

Felicidades, qué récord.

Se merecía cada uno, la iguana.

#Viva Julia Jahn.

#Muera Julia Jahn.

Briceida Jahn tiene 14 y su hermana Antígona 15, dos niñitas obligadas a presenciar la lapidación de su madre.

Pobrecillas.

Podían taparse los ojos, ¿o qué, eran mancas?

La *Ley 36.4*, emitida por la 17R el 11 de abril de 2034, establece que todas las moradas deben contar con paredes traslúcidas...

...el interior debe ser bien visible desde la calle...

...y quien se resista será multado con 9877 salarios mínimos.

Dura lex sed lex.

Simulacros, ¿no se dan cuenta? Aquí nadie termina sus días en la Antártida.

Con ese salario mínimo no alcanza ni para un resfriado.

Los únicos en la Antártida son los rivales del Mandatario.

#Regreso de los exiliados de la Antártida.

Ya llevamos 1 453 firmas para denunciarte, salamandra.

La *Ley de Absoluta Transparencia* ordena mostrarlo todo, verlo todo y decirlo todo, ¿querían más pruebas del cambio, zánganos?

Julia Jahn se exhibía todos los días a todas horas, no me vengan a decir...

...que no era una vil cómplice del pajarraco...

...yo, yo, yo, yo...

...Julia con los bilibil....

...Julia con los ahumi...

...Julia con los gabanos...

…Julia tocando una flauta sixime…

…Julia con un faldín tradicional mihinta…

…Julia celebrando la verbena con los ayotes…

…siempre en primer plano…

…¿eso es defender a los originarios o apropiárselos?

#Restitución de tierras a los bilibil.

#Muera Julia Jahn.

#Viva Julia Jahn.

Ya se murió, puercoespín.

Julia Jahn se valía de las herramientas del enemigo en contra de los todopoderosos, por eso la lapidaron.

#17R asesinos.

#Viva la 17R.

La lapidaron por decir la verdad.

La lapidamos por hipófisis.

La lapidaron por chistosita.

La lapidaron porque no era chistosita.

La otra mejilla.

Que tire la primera.

Salmuera.

Avinagrado.

#Viva Julia Jahn.

#Muera Julia Jahn.

Ella solita es responsable de la lapidación de miles, no lo olviden…

…descalabró a decenas o impulsó a las hordas a que les cortaran las cabezas…

…animó las denuncias anónimas…

…la delación de los amigos…

…la sospecha permanente…

…la desconfianza y el odio a quienes pensábamos distinto.

Lapidamos a los fantoches.
Lapidamos a los mequetrefes.
Lapidamos a los discriminadores.
Lapidamos a los verdugos de los originarios.
Lapidémonos todos.
Este mundo ya es otro mundo, petirrojo.
¿Ah, sí? ¿Y sus chascarrillos qué? Era igualita a todas, una privilegiada que no asumía su privilegio.
Muy blanquita, ¿no?
Muy educada.
Muy mona.
Impostora.
Estaba buenísima, lo que sea de cada quién.
Papagayo.
Los suprarrealistas no dejaron ni una bacinica en Palacio, se empacaron hasta la yerba mala.
Los suprarrealistas se despacharon con la cuchara grande.
Los suprarrealistas nos desplumaron completitos.
#Viva la 17R.
#17R asesinos.
#Viva la 17R.
#17R asesinos.
Mi nombre es Antígona Jáhn, tengo 15…
…mi madre, Julia Jahn, es mi estrella…
…nació en Port Moresby, en el seno de una familia muy pobre…
…mi abuela era lavandera, mi abuelo chofer de guagua…
…mi abuela murió durante el alumbramiento…
…mi abuelo no quiso hacerse cargo de la niña y la abandonó con unos vecinos…
…Julia fue siempre a escuelas públicas…
…una mujer hecha a sí misma…

…trabajó vendiendo galletas holandesas hasta los 14…

…luego fue explotada en una industria vegana hasta los 18…

…gracias a una beca estudió en la Universidad de Port Morensby…

…obtuvo mención honorífica…

…con una tesis sobre la identidad papúa contemporánea…

¡Uy, sí, falta decirnos que era una diosa!

Una vestal.

Una sacerdotisa.

¿Cuánto le dieron de beca, eh? ¿Cuánto?

Medio millón de leys, al menos.

¿Cuántas cabañas bilibil podrían haberse construido con esa cantidad?

¿Cuántos niños bilibil podrían haber recibido una merienda?

No son distintos, dromedarios. Son peores.

#Muera Julia Jahn.

#Viva Julia Jahn.

Por cierto, ¿ustedes cómo lidian con sus ínfimas obsesiones absurdas?

Yo he pedido becas toda la vida y no me han dado ni una, solo las obtienen los simpatizantes del Mandatario.

¿No será que no tenías los méritos, lagartija?

Astrosa.

…con otra beca mi madre se marchó a Ouagadougu…

¡Otra beca! ¡Con razón! ¡Xenófila! ¡Extranjerizante!

Vayámosle sumando, medio millón de leys y otro medio millón de leys solo por sus becas, imagínense su saldo bancario.

…Julia volvió acá, convencida de luchar por los originarios…

…pasó diez años con los bilibil, y con los guatua, y con los archimendra y con los bok…

…aprendió sus lenguas…

…ellos, siempre generosos, la volvieron parte de sus comunidades y la iniciaron en sus ritos….

¿Incluida la ablación, mentecata?

Reportemos esta agresión, pero ya.

En el pajarraco nada se censura, hiena.

…solo después de esa larga temporada volvió a la capital para hacer visible su lucha…

…primero apoyó al Mandatario…

…pero, al ver cómo este traicionaba los dogmas de la 17R, no le quedó más remedio que enfrentársele…

…siempre firme en sus ideas.

¡Que te crea tu abuela, achuchona!

¿Enfrentarse? ¿Le aceptó un puesto!

Hipócrita.

Si no comulgas, no comulgas.

Si no crees en el Mandatario, no le aceptas ni medio arrumaco.

Menos ser Delegada de Pueblos Originarios.

¿Cuánto ganaba en su puestito, eh? ¿Otro millón de leys? Sigamos sumándole.

Poquito le duró el gusto.

Veintiocho minutos.

La defenestramos.

Veintiocho y medio.

Delegada de Pueblos Originarios Exprés.

Emerson, su predecesor, duró semana y media.

No le dieron tiempo de demostrar a Julia de lo que era capaz.

No tenía méritos, no dio golpe en toda su vida.

Mucho activismo originario y no sé qué, pero no sabía ni lo que era un memorándum.

¿No tienes trabajo y quieres mejorar tus ingresos? Escríbeme.

Si no comulgas, no comulgas.

Lárgate a Ouagadougu como tu madre, escuincla.

Julia Jahn solo hizo el ridículo.

Nadie la defendió cuando la lapidaron.

Nadie, nadie. Nadie.

Es que era rete antipática, la neta.

No puedo quedarme callado: después de denunciar las triquiñuelas de Julia Jahn, el Ministerio de Recuentos pidió mi renuncia.

Pues no creo que sea una coincidencia, mano…

…en política no hay casualidades, solo causalidades, mano…

…ni modo, eso pasa por levantar la voz contra los privilegios…

…mi solidaridad contigo, mano.

Gracias, mano.

Aquí me tienes a tu lado, mano.

#Muera Julia Jahn.

#Viva Julia Jahn.

Tigresa.

Coyota.

Leona.

Gata montesa.

#17R asesinos.

#Viva la 17R.

#Viva Julia Jahn.

#Muera Julia Jahn.

Ya llevamos 104 453 firmas para denunciarte, salamandra.

No conozco a nadie con principios tan sólidos como mi madre…

…Julia Jahn siempre será un modelo para mi hermanita y para mí…

…gracias a todos los que nos han acompañado en estos difíciles momentos…

…mi familia exige respeto, solo eso.

Respeto debió tener tu madre por sus víctimas, lagarta.

El respeto que tu madre nunca le dispensó a nuestro Mandatario, quien siempre apoyó a los bilibil.

El respeto que tu madre jamás le tuvo a esta nación.

El respeto que nunca tuvo mientras participó en el pajarraco.

#Viva la 17R.

#17R asesinos.

Suprarrealista nostálgica.

Vendequesos.

Turuta tu madre.

Turuta la tuya.

¡Denunciemos! ¡Denunciemos!

Y aquí otra foto de Soleta, mi gatita.

Ahhh.

Ahhh.

Ahhh, qué mona.

Buenos días desde un país donde el Mandatario celebra las lapidaciones ajenas y borra las propias.

#Viva la 17R.

#Viva la 17R.

#Viva la 17R.

#Viva la 17R.

#17R asesinos.

Estaba bastante buena, la Julia esa.

Denunciemos a este tránsfuga.

Macaco.

Tartamudo.

Julia Jahn también tenía un paquete accionario en el pajarraco.

Esta voz ha sido silenciada por violar los términos del servicio.

¿Alguien ha encontrado imágenes de Julia en pelotas?

¿Alguien aquí que me sepa decir cómo cambiar una llanta?

Yo trabajé con Julia Jahn los últimos ocho años. Era una princesa.

Yo trabajé con Julia Jahn los últimos cuatro. Un adefesio.

Pruebas, pruebas, pruebas.

Todos las vieron, ¿para qué recordarlo? Sus inmundos chascarrillos, uno tras otro, del Mandatario.

Eran privados.

Todo lo que hace una figura pública es público, ¿no leíste *La Sociedad del Intermedio*?

Ay, sí, tú muy culto, ¿no?

Aquí están sus pruebas, a ver ahora cómo la defienden, lenguados.

Julia era, ¿cómo decirlo?, dificilita…

…yo la admiraba, no me malentiendan…

…con sus jubones bilibil y su tocado presuprarrealista…

¡Estaba rete buena!

Palillo.

Tabla.

Bomboncito.

…trabajar para ella no era una fiesta…

…vociferaba sin descanso…

…maltrataba a los meseros…

…¿ustedes confiarían en alguien que maltrata a los meseros?…

…muy bilibil, muy tok, muy achimendra, pero ¿y los meseros?…

…yo la acompañé sin aspavientos…

…creía en la Causa…

…creía que la Causa era más importante que nada…

…me aguantaba sus insultos y arrebatos…

…su pasivoagresividad…

…insisto, no era fácil…

…la admiré hasta el final.

Manual cívico para construir casas traslúcidas, Ediciones Patria Nueva, 2043, denle nomás una leidita.

¿Y yo por qué querría ver lo que pasa en sus casas traslúcidas?

¿Y por qué alguien querría oírte a ti?

Porque aquí todos tenemos voz, aunque te choque, lombriz.

Ya llevamos 189 566 firmas para denunciarte, salamandra.

Aquí mi gatito Waffle…

Ahhh.

Ahhh.

Ahhh, qué mono.

Aquí otra imagen de Soleta, relamiéndose.

Ahhh.

Ahhh.

Ahhh, qué mona.

Envidiosa.

Gibón.

Te voy a denunciar.

Y yo te voy a denunciar a ti.

#Viva la 17R.

#17R asesinos.

¿Alguien más que haya conocido a Julia Jahn de cerca que nos comparta su testimonio?

Bienvenidos a un país donde se celebra a los rufianes y se rufianea a las monjitas.

Yo también trabajé con Julia, con los bok, durante unos meses…

…tenía muy buenas ideas, eso qué ni qué…

…la sangre caliente y la sangre fría, no sé si me entienden…

…una líder natural, elocuente, agitada, nerviosita, siempre lista para despacharse unos mezcales…

…grandiosa, si me obligan…

…no saben cómo la echo de menos.

¡Quiere llorar, quiere llorar, quiere llorar!

Zarigüeya.

Hipopótamo.

#Viva Julia Jahn.

#Muera Julia Jahn.

#Viva la 17R.

#17R asesinos.

¿Por qué la gente disfruta tanto echándose porras aquí y a mí me irrita tanto?

Por cachalote, por eso.

Como que el pajarraco ya está muy polarizado.

¿Tú crees?

Adivino.

Mago.

¿Por qué tenemos que pelearnos todo el día? ¿No sería mejor llegar a acuerdos mínimos de civilidad?

El que se lleva.

Si no toleras la verdad, esconde el pico, avestruz.

La polarización a nadie le sirve.

¿A nadie? Pregúntale a los dueños del pajarraco.

Esta voz ha sido silenciada por violar los términos del servicio.

Aquí está otra vez Waffle, mi gatito.

Ahhh.

Ahhh.

Ahhh, qué mono.

Soleta es más bonita.

#*Viva Soleta.*

#*Viva Waffle.*

#*Viva Soleta.*

#*Viva Waffle.*

#*Viva Soleta.*

#*Viva Waffle.*

#*Viva Soleta.*

#*Viva Waffle.*

¿Alguien por aquí que dé lecciones de punto de cruz?

Yo también conocí a Julia Jahn de cerca…

…he tardado todo este tiempo en reunir el valor para decir esto…

…Julia y yo salimos por un tiempo…

…yo era entonces su asistente…

…y solo ahora reúno el valor para decir…

…que le presté mis grabaciones de los Beatles…

…y nunca me las devolvió…

…me llamaba a deshoras y caía en mi jacal sin previo aviso…

…una relación de poder desigual.

#*Muera Julia Jahn.*

#*Viva Julia Jahn.*

Hay que lapidarla.

Ya la lapidamos, ¿no te enteras?

Pues hay que lapidarla por tercera y cuarta vez.

Quédate con quien te mira como el Mandatario mira su Tren Bala.

#Viva el Mandatario.

#Viva la 17R.

#17R asesinos.

¿Transparentes? ¿Ah, sí, transparentes?

…aquí una foto de mis ojos…

…mis labios…

…mis manos…

…mis deditos…

…mis pies…

…mis piernas…

…mis muslos grandototes…

¿Me das tu número?

…mis rodillitas…

…mis corvas…

…mis empeines…

¡Mamacita!

…mi ombliguito…

…mis pezo…

Esta voz ha sido suspendida por violar los términos del servicio.

#Más tetas y menos mandatarios.

#Más tetas y menos originarios.

#Más tetas y menos activistas.

¿Esa es la transparencia del pajarraco? ¿No se pueden ver unos senos redonditos?

Esta voz ha sido suspendida por violar los términos del servicio.

Pajarraco censor.

Esta voz ha sido suspendida por violar los términos del servicio.

En el pajarraco todos tenemos voz, sobre todo los debiluchos, los enclenques, los asalariados.

#Viva la 17R.

#Viva Julia Jahn.

#17R asesinos.

#Muera Julia Jahn.

Mofeta.

Mapache.

Boa.

Caguama.

Yo también conocí a Julia Jahn de cerca…

…podía ser súper tierna…

…elegante…

…sexy…

…entrona…

…me enamoré hasta las manitas…

…adoraba su voz de seda, sus discursos interminables…

…pura poesía en favor de los originarios…

…óiganla, de veras óiganla, para que sepan a quién hemos perdido.

Zopilota, de seguro eras una de sus socias.

Hija de Cross.

¿Cuánto te pagaba?

Cross y Julia nunca se llevaron, se los puedo decir yo…

…más bien al contrario…

…puros recelos entre ellos, no podía haber dos opositores al Mandatario al mismo tiempo…

…se metían el pie en cuanto se descuidaban…

…aunque en público se desvivieran en besos y en abra-
zos…

Hipófisis los dos, lo sabía.

Carcamales.

Traidores.

…Cross en realidad la odiaba a ella…

…cuando salió a defenderla…

…fue como darle el beso de Judas…

…por eso la lapidaron más feo…

…ahora el más feliz ha de ser él.

¿Cuánto dinero recibieron Julia y Cross de OPG's extranjeras, cuánto?

¿Cuánto costó ese tocado dizque originario?

#Cross al exilio.

#Estamos contigo Cross.

Nunca fueron transparentes, ¡corruptos!

Astrosa.

Ya llevamos 459 764 firmas para denunciarte, salamandra.

Hay que lapidar a Julia Jahn.

La lapidamos ayer, ¿no te enteras?

Pues lapidémosla por cuarta y quinta vez.

Respondan a esta encuesta…

…1) Julia Jahn era una vividora…

…2) Julia Jahn tenía un rollo con el Mandatario…

…3) Julia Jahn tenía un rollo con Cross…

…4) Julia Jahn era una heroína inmaculada…

…5) Julia Jahn era heroinómana…

…6) Julia Jahn no existe.

Aquí está otra vez Waffle, mi gatito.

Ahhh.

Ahhh.

Ahhh, qué mono.

Aquí está otra vez Soleta, mi gatita.

Ahhh.

Ahhh.

Ahhh, qué mona.

#*Viva Soleta.*

#*Viva Waffle.*

#*Viva Soleta.*

#*Viva Waffle.*

#*Viva Soleta.*

#*Viva Waffle.*

#*Viva Soleta.*

#*Viva Waffle.*

7), obvio, Julia ni existe.

El problema del pajarraco es que solo tenemos dos líneas para expresarnos…

…no hay lugar para matices o zonas grises…

…¿qué se puede decir en tan poco espacio?...

…es más sencillo solo insultarnos…

…o lapidarnos…

…el caso de Julia Jahn es solo uno entre miles…

Esta voz ha sido silenciada por violar los términos del servicio.

¿Una buena floristería en el barrio del Potrillo?

La de la Calle del Tueste, 5, buenísima, sobre todo las azucenas.

Gracias, amigos del pajarraco, es tan bonito sentir su solidaridad y su cariño cada vez que pregunto algo.

Morsa.

Foca.

León marino.

Pingüina.

Aquí nunca me siento sola, los amo.

Queridos compatriotas, les informo por este medio...

...que acabamos de firmar el TLCPM...

...el Tratado de Libre Comercio Papúa-Micronesia...

...un gran avance para nuestra joven nación...

...aquí me ven al lado del primer ministro Kwame Nguyen Diop Treviño...

...otro logro más de la 17R.

#Viva la 17R.

#17R asesinos.

#Viva la 17R.

#17R asesinos.

Gran logro del Mandatario.

Gran logro del Mandatario.

Gran logro del Mandatario.

Gran logro del Mandatario.

El Mandatario prometió en campaña que jamás firmaría el tratado con Micronesia y mírenlo.

Mentiroso.

Asesino.

Pues 4) y 5) Heroína heroinómana.

Julia Jahn se opuso siempre al tratado con Micronesia porque amenaza la economía bilibil.

Los bilibil tampoco existen, ¿alguien ha visto uno?

¿Ah no, y qué somos nosotros, gusano?

Mestizos, todos son mestizos que se apropian de fondos públicos haciéndose pasar por bilibil.

Gran logro del Mandatario.

Gran logro del Mandatario.

A Julia en realidad la lapidaron por sus críticas al TLCPM.

#Viva Julia Jahn.

#Muera Julia Jahn.

A Julia la lapidamos por sus chistecitos sobre el Mandatario, la incongruente.

Si no comulgas, no comulgas.

Buenos días en un país donde todos hablan y nadie escucha.

#Viva la 17R.

#17R asesinos.

Yo fui asistente de Julia Jahn por dos años…

…era valiente, sí…

…comprometida..

…luchona…

…argüendera…

…cada día expresaba aquí sus decenas de opiniones sobre todo…

…una figura imprescindible de nuestro debate público.

¿Público, lirón? El pajarraco no es público, es una empresa privada, ¿no te has dado cuenta?

Esta voz ha sido silenciada por violar los términos del servicio.

Pajarraco Azul, Inc.

Esta voz ha sido silenciada por violar los términos del servicio.

Julia era el azote de los poderosos…

…no se detenía ante nadie…

…ni siquiera ante el Mandatario.

¿Y entonces por qué le aceptó el puesto?

¿Y los millones de Delegada de Pueblos Originarios?

Buscaba cambiar el monstruo desde dentro.

Mientras se burlaba de su jefe, la astrosa.

¿No se supone que somos traslúcidos? ¿Qué debemos decirlo todo? ¿Qué hasta los chistes privados son públicos?

La congruencia es otra cosa, araña, Julia nunca la conoció.

Hay que lapidar a Julia Jahn.

Ya la lapidamos, ¿no te enteras?

Pues lapidémosla por sexta y séptima vez.

No hagamos leña del árbol caído.

¿Y para qué otra cosa sirven los árboles caídos sino para hacer leña?

Aquí está otra vez Waffle, mi gatito.

Ahhh.

Ahhh.

Ahhh, qué mono.

Aquí está otra vez Soleta, mi gatita.

Ahhh.

Ahhh.

Ahhh, qué mona.

#Viva Soleta.

#Viva Waffle.

#Viva Soleta.

#Viva Waffle.

¿Alguien sabría decirme qué hizo de verdad Julia por los bilibil?

Los visibilizó y habló por ellos.

Organizó el sitio para lapidar a quienes los discriminaban.

En resumen: nada.

Se los apropió.

¿Hablar mucho es nada? ¿Introducirlos en el discurso ciudadano es nada? ¿Desinvisibilizar a los invisibles no es nada?

¿Cuántos padecieron lapidaciones por su culpa? ¿Por un comentario o un chiste? ¿Cuántos?

Quien a hierro.

2 458 566 trinos en una semana, no se quieren imaginar lo que es eso.

Es el tamaño de su importancia, la extrañamos tanto.

Julia era la neta.

Nadie sabía quién era Julia Jahn hasta que la lapidaron. Ustedes la volvieron famosa, murciélagos.

#*Viva Julia Jahn.*

#*Muera Julia Jahn.*

¿Una buena peluquería que recomienden, compañeros del pajarraco?

¿No podríamos ser un poco más cooperativos? ¿Un poco más solidarios? ¿Un poco menos carroñeros?

Burro.

Elefanta.

¿No te das cuenta de que el pajarraco solo funciona si nos insultamos los unos a los otros?

Esta voz ha sido silenciada por violar los términos del servicio.

¿Saben cuánto han aumentado la cotización en bolsa del pajarraco desde el escándalo con Julia Jahn? 2 por ciento.

Esta voz ha sido silenciada por violar los términos del servicio.

Hola a todas y todos, soy Julia Jahn, ya estoy de nuevo aquí después de unas semanas alejada…

…gracias al Mandatario por su mensaje de apoyo, lo valoro en lo que vale…

…gracias al pajarraco, por acogerme de nuevo…

…y sobre todo gracias a todas sus voces que, aún en la distancia, me han acompañado…

…la lucha bilibil sigue…

…desde aquí quiero denunciar a Roberto Trock, mi ex-compañero de batallas, que con sus burdos chistes discriminó a los originarios.

#Muera Roberto Trock.

No, que se retuerza en el averno.

Merecido se lo tuvo.

Chacal.

Solito se lo buscó.

Gusano.

Zorrillo.

Se burló de cada uno de nosotros. De cada uno.

Muy chistosito, el astroso.

Astroso y marrullero.

Asno.

Perico.

#Viva Roberto Trock.

#Muera Roberto Trock.

Que lo lapiden.

Ya lo lapidaron, macaco.

Que lo lapiden de nuevo, chimpancé.

ATONALIDAD

Voulez-vous le récit de ces folles amours?

OFFENBACH, *Les Contes de Hoffmann*

1
MAESTOSO

Los aplausos apenas la conmovían, los *brava!* que repetía una y otra vez el público de pie –rostros que nunca alcanzaría a distinguir bajo los reflectores– le llegaban como zumbidos que soportaba más que agradecer. Aquellas voces, aquellos ecos que en otro tiempo hacían que la sangre se le agolpara en el pecho y las mejillas, que la ponían a temblar, que casi disfrutaba tanto como las obras ejecutadas, ahora no le producían el menor efecto; la molestaban, interrumpían el precioso silencio, esa única actitud, esa única prenda que debe pagarse, al final de un concierto, por la música recibida. No fue consciente de su desánimo hasta que notó sus pómulos secos, su cuerpo relajado, el coraje al sonreír e inclinarse. Odió las flores que una niña colocó junto a su arpa y le dolió ese odio. ¿Qué le pasaba? ¿Se habría acostumbrado al éxito? Le aterró la idea de haber perdido la capacidad de emocionarse. ¿Qué sería de ella, artista al fin, si ni siquiera el entusiasmo de sus seguidores lograba estremecerla? Unas lágrimas rodaron por su rostro empapado de sudor; en esta ocasión no fueron de alegría, sino de vergüenza.

Al observar su llanto, la gente aplaudió con decisión, aumentando su tristeza. Con paciencia soportó las cuatro llamadas a escena, las tres primeras en compañía del director, la última sola, abandonada a su suerte entre la doble admiración de la orquesta y del público. Los gritos no cesaban: otra, otra, se oía junto con rítmicas palmadas. Ella se resistió con una reverencia. No es que detestara tocar de nuevo: no podía hacerlo. Solía otorgar dos, tres e incluso cuatro *encores*, pero en este momento se sentía incapacitada. Recorrió el proscenio y le suplicó al director que hiciera salir a la orquesta. Un silbido lejano concluyó el concierto mientras ella se refugiaba en su camerino.

Había ejecutado a Reinecke como nunca, dos aves rozándose en los extremos de una jaula. A un *allegro moderato* que contenía las risas del amante, y asimismo sus desvelos, le siguió un *adagio* de rupturas y frustraciones. Y, luego, el *scherzo*… Un *scherzo* como una broma de mal gusto, llena de carcajadas, impotencia y locura. Pero su insatisfacción le decía que algo había fallado. No podía sentirse peor, frente a ese espejo bordeado de luces, contemplando los ríos negruzcos que escapaban de sus ojos. Desde pequeña había soñado con dedicarse a la música —chelista o cantante, violinista o flautista, le daba igual— y ser la *mejor* ejecutante del mundo. No recordaba los sonidos del arpa con que había sido arrullada al nacer, según le contaban sus padres, pero cuando a los diez años reencontró sus sonidos quedó prendada. Adiós amigos, fiestas, juguetes, caricias: a partir de entonces, su tiempo estuvo consagrado a sus estudios en el Conservatorio. Pasaba más horas en el salón de arpa –echando a sus escasas competidoras– que en su habitación o en las aulas del colegio.

De los once a los veinte, su rutina fue la misma: se levantaba muy temprano, asistía por obligación a la secundaria o a la preparatoria y de ahí se marchaba a la escuela de música. Junto al arpa, entre corcheas y redondas, comía cualquier cosa y no regresaba a su casa antes de las diez de la noche para soñar con su vida de concertista. A las burlas o los consejos de sus compañeras que la animaban a llevar una vida más normal, replicaba enumerando los méritos del sacrificio: su tesón, maestría y soledad merecerían, por quién sabe qué justicia divina, el mayor reconocimiento; cuando alcanzara el éxito sería envidiada en vez de compadecida.

Ese día había llegado y no la asaltaba ninguna alegría. Sin duda era admirada por doquier, se había presentado en infinidad de ciudades con las orquestas más importantes de Europa y América –recordaba con especial fuerza unas inolvidables veladas en Múnich con Celibidache, en Ámsterdam con Haitink y en Londres con Marriner– y como solista había recibido las mejores críticas; no le bastaba. Llegado a cierto nivel técnico e interpretativo es imprescindible comenzar de nuevo, como si el pasado no existiera. Tenía que apartarse de lo que le quedaba del mundo: sus escasas amistades, su familia e incluso la fama que tanto había anhelado. Solo así podría alcanzar la perfección. Supo que se había equivocado, que en algún momento de su carrera se dejó atrapar por la corriente. A los veintidós se enamoró –nadie puede permanecer solo para siempre–, se casó a los veintitrés y dos años más tarde volvió a depender de sí misma. Un lustro desperdiciado en angustias, reconciliaciones, destierros. ¿Cómo hubiera podido hacerle entender a él que para ella lo más importante era la música y que, si en verdad la amaba, debía aceptar esta preferencia? Después de decirle que estaba enferma, él todavía alcanzó a escuchar las notas de Mozart que ella desgañitaba en la otra habitación. Ella ni siquiera se levantó del arpa; siguió tocando hasta que oyó la puerta. El dolor fue más intenso de lo que suponía; en las cuerdas, sus dedos buscaban el contacto con su piel. Cuántos fantasmas se le presentaban ahora que había decidido renunciar a todo para conseguir su meta. No volvería a tocar en público hasta ser no una de las mejores, sino *la mejor* arpista de la historia. El reloj del camerino marcaba las tres de la madrugada. Se cambió de ropa y amarró el pelo en una cola de caballo. Salió a la calle. Una luna amarillenta se reflejaba en sus ojos.

El día siguiente fue de preparación. Se levantó más tarde de lo habitual –adivinaba que su sueño no volvería a ser largo–, se dio una ducha y se dirigió a su pequeño estudio. Entre libros, partituras, discos y programas reposaba el silencioso instrumento cubierto por un paño verde. Se quedó un rato admirándolo, sin descubrirlo, adivinando sus formas. Líneas intermitentes de luz alfombraban la habitación. Tras unos segundos, corrió al teléfono, llamó a su agente y, sin dar los motivos, canceló todas sus presentaciones, incluida la grabación del concierto de Händel con Harnoncourt y el Concentus Musicus Wien. Luego, comenzó a vaciar el estudio hasta dejarlo desnudo.

Solo quedó el arpa envuelta en rayos de sol.

Ella se le acercó y con extrema cautela le arrebató la funda, deslizándola hasta la base. La columna labrada y recamada en oro, llena de filigranas y remates, flores y listones, era un mástil en el suelo, como si los restos de un navío se hubieran incrustado en el aposento. La rodeó varias veces, observando cada detalle, primero las cuerdas, luego la madera y los pedales, tratando de memorizarla antes de palparla. Limpió y lustró sus bordes, comprobó el funcionamiento del mecanismo y revisó la afinación. Imperceptible, la noche se dejó caer sobra ambas. Al fin descansó. Antes de irse a dormir, desconectó el timbre de la puerta y desenchufó el teléfono.

Así se inició su aprendizaje. A las siete de la mañana se sentó frente al arpa. Comenzó explorando sus posibilidades sonoras, sus variantes y sutilezas, sus combinaciones, trucos y misterios. Conforme avanzaba, descubría océanos desconocidos; los túneles que hallaba la conducían a nuevos abismos. Sudaba al entrever el futuro. Lágrimas de rabia se deslizaban hacia sus labios mientras sus extremidades lidiaban con el caos de la música. ¿Hasta dónde puede conocerse un instrumento?, se atormentaba. Sus diminutos aciertos le proporcionaban un enorme placer, pero no se comparaban con la desilusión de sus derrotas. Estaba decidida. Continuó rasgando las cuerdas hasta caer exhausta con las manos entreveradas en la encordadura.

Al despertar detuvo todos los relojes y cubrió las ventanas con pesados cortinajes, de modo que no le fuera posible saber la hora que era: debía permanecer bajo el consuelo de la luz eléctrica. Anhelaba que su cuerpo también detuviese su ritmo. En periodos alternados, dormía o se alimentaba con lo primero que descubría en una cocina cada vez más hueca. Pronto perdió el control del tiempo; no sabía cuántas semanas llevaba en esa habitación. Casi sin pensarlo se desnudó por completo. Se sentó y miró el arpa, segura de que no tardaría en cumplir sus deseos. Su piel se confundía con la madera, solo el color de su boca y de sus ojos resaltaba en aquel paisaje de ocres y sepias. Abrió las piernas y recibió el arpa con las rodillas. Los pies descalzos se posaron sobre la frialdad de los pedales y los dedos llagados acariciaron una vez más las cuerdas. Mozart, Händel, Rodrigo, Boildieu, Bach, Debussy, Gossec se sucedieron para luego mezclarse y confundirse en una gigantesca masa sonora. La composición parecía crecer al infinito, engullirlo todo, abarcar cuanta música había sido escrita hasta el momento. Era un hoyo negro adonde iban a parar desde los sonidos más extravagantes, desde las melodías más simples, hasta las más extrañas armonías. La música entera cabía en ese arpa y en ese cuerpo que ahora formaban una sola materia. La voz humana no tardó en incorporarse a la bacanal: gritos de dolor y placer, de fatiga y consunción, felicidad y angustia contrapunteaban los cromatismos del arpa. En la vorágine, un espeso líquido empezó a deslizarse entre las cuerdas, goteando hasta los pedales y salpicando la piel de la mujer. Tampoco el dolor la llevó a detenerse: con mayor brío –y suavidad– prosiguió su acumulación de sonidos. El arpa ya no le permitía detenerse, debía tocar, tocar, tocar hasta el desfallecimiento, hasta la perfección. Las heridas en piernas y brazos se hacían más profundas. No importaba, nada importaba excepto la música. Cuando ya no resistía, cuando el miedo había sobrepasado lo concebible, supo que estaba a punto de lograrlo, que ahí, un poco más adelante, frente a ella, se hallaba la meta que siempre persiguió. Había triunfado. Se hizo el silencio, el más frío y absoluto silencio. La única prenda con que se debe pagar la música recibida.

2
ADAGIO ESPRESSIVO

Arrojó el portafolios sobre la alfombra, se quitó los zapatos y, sin encender las luces, se echó sobre la cama. Otra vez pasaban de las doce, no había cenado y apenas comido y el cansancio no le permitiría dormir en paz. La noche se convertiría de nuevo en una madeja tambaleante en medio de la fatiga. Se arrancó la corbata como si pudiera quitarse también el collar de aire que lo ataba al trabajo, a ese trabajo que, para colmo, había elegido voluntariamente. ¿De qué le servían el éxito y la seguridad? Solo y deprimido, y sobre todo cansado, infinitamente cansado, sintió que desperdiciaba su vida. Se revolcó sobre las sábanas, se abrió la camisa y se dispuso a quebrantar su disciplina. Respiró para darse el valor de no abrir los ojos hasta las dos de la tarde.

Durante sus estudios de secundaria y bachillerato, e incluso en la universidad, siempre fue de los alumnos a quienes los maestros califican como desobligados y displicentes. Su carácter se adecuaba más al tipo de personas que se esfuerzan por pasar inadvertidas, alegres de que el profesor no las reconozca por la calle. La mayor parte de las veces su táctica resultaba contraproducente: desde luego, el maestro no se acordaba de él fuera del aula, pero tampoco dentro y, como lo desconocido se asimila a lo perverso, nunca se permitió escapar de la mediocridad.

Al terminar sus estudios, decidió borrar aquella imagen. Encontró un empleo en otra ciudad, sin que le importase la mudanza ni las escasas posibilidades de desarrollo. Desde el primer día se hizo notar, se quedó a revisar una contabilidad hasta la madrugada y entregó un excelente resultado. Su jefe quedó feliz: el nuevo empleado era una eficiente máquina de trabajo. Cuando se enteró de que su sueldo había sido incrementado al doble, se dio cuenta de su perdición: a partir de ese momento le sería imposible volver a la insignificancia. Poco a poco la máscara de trabajador intachable se le pegó a la cara. Por eso ahora, aunque no se atrevía a confesarlo, trataba de aprovechar al máximo cada segundo de sueño.

Debían de ser las dos de la mañana cuando un repentino sonido lo apartó de su modorra: el tañido de una flauta. Adormilado, se preguntó cómo era posible que a esas horas alguien se atreviese a tocar sin consideración para los vecinos, pero la música lo serenó. Se asomó por la ventana –vivía en un tercer piso–, pero no distinguió ninguna luz. La música llegaba a sus oídos como si naciera en su propia habitación. No intentaría averiguar su procedencia a aquellas horas. Regresó a la cama y no tardó en disfrutar de los trinos. Luego durmió plácidamente, como hacía mucho no lo conseguía.

El despertador sonó a las seis. No podía quitarse de la cabeza el recuerdo extraño y placentero de la música. Se dirigió a sus labores con una sonrisa entre labios. Al salir del edificio, le preguntó al conserje si no había escuchado una flauta por la noche, pero el viejo, medio sordo y desvelado, le dijo que no. Nuestro hombre le dio las gracias y se alejó tratando de silbar lo que llamó su *pequeña música nocturna*.

Regresó a su casa cerca de la medianoche, tan enfadado y solo como la velada anterior. ¿Qué caso tenía matarse trabajando? En esta ocasión ni siquiera se desanudó la corbata. Estaba tan mortificado que se tiró sobre las mantas y se quedó dormido. Se olvidó de la flauta, pero la flauta no se olvidó de él: lo arrancó del sueño a las dos de la mañana solo para devolverlo a él, con la delicadeza de una nana, una hora más tarde.

Antes de marcharse al trabajo volvió a llamar a la puerta del conserje. El anciano salió a recibirlo con una camisa raída, despeinado y abrochándose el cinturón. Su barba sin afeitar y las ojeras que escondían sus pequeños ojos lo invitaron a ser prudente.

–Soy el nuevo inquilino del 31, ¿me recuerda?

–¿Algún problema?

–Solo quería preguntarle si uno de mis vecinos…

–¿Alguna queja?

–Solo quiero saber si alguno toca la flauta.

–Matilde –espetó el anciano con alivio–. Le hemos dicho mil veces que…

–Ya le dije que no es una queja. Gracias.

A lo largo del día trató de imaginarse a Matilde. Ninguna de las mujeres con las que se había topado en las escaleras del edificio tenía un semblante artístico, aunque, a decir verdad, tampoco tenía idea de cómo podía lucir una flautista. Después de cerrar la oficina con una fatiga no menor a la habitual, regresó a su casa, listo para su encuentro con Matilde. La música llegó sin falta, con la misma melancolía: por primer vez se dio la oportunidad de imaginar el rostro de aquella mujer mientras escuchaba su instrumento. Inventó las manos tersas y el cuello altivo de su vecina, su rostro leve, el negro de sus ojos e incluso le asoció un pasado irreconciliable y amargo: solo alguien que había sufrido podía tocar de aquel modo. Le dibujó un amante despiadado y mucho olvido.

Cada noche la cita se repetía con precisión milimétrica. Como si hubieran firmado un acuerdo, él se dejaba envolver por la música mientras ella le confesaba sus penas. Nuestro hombre afinaba los detalles de su fantasía, coloreando la desesperación de Matilde con toda clase de anécdotas. La monotonía se había esfumado, borrada por aquellos conciertos solo para él. Esa música que ahora conocía de memoria y esa mujer a la que nunca había visto lo salvaban.

Como si aquellas citas clandestinas fuesen producto de la noche, no se atrevía a desenmascarar a su compañera. Nunca pensó presentarse en el departamento de Matilde y menos revelarle el placer que le proporcionaba. El miedo doblegaba su curiosidad, como si la idea de irrumpir en la vida de la flautista significase el fin del encanto. No debía inmiscuirse en la intimidad de su amante a riesgo de perderla. Poco a poco, centró su vida en sus tardíos encuentros con Matilde. Nada, ni el trabajo ni la fatiga, conseguían apartarlo de ella y de su música. Una simbiosis, no menos profunda por secreta, unía sus destinos. Él vivía para escucharla y ella para tocar para él.

Una noche se quedó en la oficina atendiendo asuntos urgentes y no llegó a tiempo para su cita. Cuando al fin entró en su departamento, no halló más que silencio. Era la primera vez que faltaba a su encuentro. ¿Cómo había podido fallarle? Con afán de disculparse, la noche siguiente se instaló en su sillón desde las once, dispuesto a pasar aquellas horas como penitencia por su descuido. Pasaron las dos, las tres, las cuatro de la madrugada, y la música nunca volvió. Pensó que aquel silencio era una reprimenda demasiado severa, pero la resistió sin quejarse.

Ni al otro día ni al siguiente hubo nada, ni una sola nota. ¿Acaso había dejado de amarlo? ¿Había cometido una falta demasiado grande al dejarla plantada aquella noche? ¿O habría ocurrido algo peor? Se negaba a preguntarle al conserje para evitar suspicacias. La angustia lo devoraba. Se dio una última velada de plazo antes de atreverse a averiguar lo que ocurría.

Nada.

Por la mañana se presentó ante la puerta de Matilde y tocó el timbre. Pasaron varios minutos antes de que una joven de unos treinta años, vestida de negro, le abriese.

—Matilde —murmuró.

La joven se dio la vuelta sin decir nada. Al seguirla al interior, contempló los crespones y las velas que rodeaban el retrato de una mujer de ojos verdes.

—Su madre era flautista…

—Lo fue —le respondió la joven—. Ahora ya nadie la recuerda. Desde que enfermó apenas podía sostener la flauta.

—Pero si yo la oía tocar todas las noches… Vivo abajo.

—Estaba obsesionada con la grabación de su último concierto. La escuchaba todas las noches, siempre a la misma hora. Siento que lo molestase.

Y él ni siquiera la había conocido. Ni siquiera había escuchado su voz.

—¿Le puedo pedir un favor? —se atrevió a decirle él—. ¿Podría prestarme esa grabación?

La joven asintió.

Después de darle las gracias, se retiró a su casa, ansioso por escuchar por última vez aquella flauta.

3
Scherzo crudele

La caja de caoba lucía como un pequeño sarcófago rectangular, decorado con adornos y filigranas, hostigado por la polilla. Casi escondido entre las vetas, con caligrafía barroca, aparecía inscrito el año 1693.

Casi con miedo, posó sus manos en la cubierta –era más liviana de lo que imaginó– y sus ojos, al igual que los de Amadeo, quien permanecía a unos pasos de distancia, se encendieron con un fulgor inusitado, semejante al que padeció la primera vez que hizo sonar un instrumento y supo que gracias a él sería capaz de crear belleza y dolor.

Inserto en un molde de terciopelo marrón, resplandeció la leyenda: el oboe que enamoraba a quien tuviese la fortuna –o la desgracia– de escucharlo. Una obra de arte: un oboe veneciano del siglo XVII, Giovanni Battista Monterrone, *artigiano e stregone del Dux, fecit*. Ni una raspadura en su esmalte marrón –tan distinto de los oboes negros que se construyen ahora–, ni una herida en la madera. Era increíble: después de una vida de búsquedas, fracasos, falsificaciones y trampas, al fin lo sostenía entre sus dedos. Anticipó el placer y la fama mientras paladeaba el carrizo con el que se disponía a probarlo por primera vez. Necesitaba escuchar aquel timbre olvidado, deslizar sus yemas por las llaves de plata, sentir las notas en su cuerpo.

Para conseguirlo, su fiel Amadeo había debido sobornar, robar y asesinar; a ella poco le importaba la sangre vertida para obtenerlo. Ahora era suyo y nadie, con excepción de ese corrupto espécimen que era Amadeo, podía imaginarlo. Le ordenó traer cañas y partituras y cerrar todas las puertas y ventanas. La mujer acarició el instrumento y lo contempló enfebrecida. Sus labios se cerraron sobre la caña como si se aproximasen a otros labios. Ajustó la posición de las manos, colocó el tudel y emitió un *la* infinito, redondo, soberbio como el instrumento del que provenía. Aquella nota se transfiguró en el segundo movimiento del concierto de Marcello. Al terminar, aún dudaba; trató de comprobar el efecto causado en Amadeo, pero el esbirro permaneció inmóvil, con los ojos fijos en ella. Esta primera experiencia no servía de nada: el adefesio la amaba de cualquier forma. Lo obligó a retirarse: él no se había dado cuenta de que ella acababa de interpretar un *adagio* impoluto.

Tras una semana de concentración, la mujer se decidió a tramar su venganza. Imaginaba entre sus manos el cuerpo del príncipe Nodi, sus ojos, la piel calcinada que se atrevió a rechazarla diez años atrás. Su plan era simple: haría que Amadeo lo convenciera de venir, diciéndole que *madame* quería ofrecerle un recital privado como forma de reconciliación. El oboe lo enamoraría y al fin sería suyo. Una vez rendido, dispondría del príncipe, lo amaría unos instantes y luego observaría su aniquilamiento entre los brazos de Amadeo.

Del mismo modo que nadie lamentó la pérdida del oboe, tampoco nadie se preocupó por la desaparición del dispendioso príncipe. Una breve noticia en un diario local: el excéntrico noble debía de haber emprendido otro de sus viajes africanos. Comprobada la efectividad del instrumento, la mujer se sintió atrapada en una corriente que apenas distinguía de la lujuria. La leyenda del *oboe d'amore* se cumplía. Ese primer éxito la lanzó a una carrera en la que se entrelazaban la violencia, la pasión y la muerte: la música. Todos aquellos que alguna vez la despreciaron sucumbieron a la furia de su oboe. Amadeo los conducía en secreto a su mansión, ella los embelesaba con su arte y los derrotaba con un amor que concluía en la espada del sicario. Todas las sombras hostiles que recordaba desfilaron en su trama de voluptuosidad y muerte, como si del oboe mismo surgiese la pesadilla: la destrucción y el amor.

Las largas giras de la mujer por todas las salas de concierto de Europa disimulaban sus crímenes, aunque no lo suficiente como para que no temiese posibles represalias. Alguien hilaría las desapariciones y no tardarían en llegar a ella. Su actividad decreció, se volvió más moderada y compasiva, y a la postre decidió no tentar su suerte. Se retiró a su casa de campo, alejada del boato y la publicidad, con la solitaria compañía de Amadeo. No tardó en abandonar el oboe y los placeres de la carne y de la sangre. Envejecía.

Una tarde pensó que había enloquecido cuando creyó escuchar el sonido del oboe. Sus demonios le jugaban una mala pasada. Siguió la corriente de la música hasta una de las habitaciones del fondo. Al llegar allí descubrió a Amadeo con su instrumento: el monstruo los profanaba con sus labios deformes y sus dientes ennegrecidos. Su grito se confundió con la última escala del oboe, que se precipitó al suelo, astillado en pedazos. Amadeo apenas vislumbraba que los penosos ruidos que había extraído del oboe se habían convertido, en los oídos de su ama, en las más hermosas notas de la creación.

4

RONDÒ: ALLEGRO BARBARO

Cuando sale a escena y los reflectores le queman las pupilas, adivina que la noche está predestinada al fracaso.

No evita una mínima reverencia a ese público al que no ve y solo intuye, se sienta y acomoda en el atril como una última barrera entre el abismo y el borde de luz. Temerosa de caerse, levanta el *cello* y lo coloca entre sus piernas, apoyado en la tela negra del vestido. Le duelen las manos, los muslos, el amante que la contempla desde la oscuridad de la sala, las opiniones de sus padres y su maestro, pero sobre todo le duele la música que está a punto de expulsar de su cuerpo. ¿Por qué tiene que hacerlo? ¿Por qué demonios tiene que hacerlo? Toma el arco, trata de centrarse en los pentagramas, los brazos paralizados, la mente febril. Odia permanecer ahí, sometida a esa ordalía. Una larga, larguísima hora de batalla contra el movimiento, los errores, las disculpas. Una hora contra el tiempo. Cierra los párpados, el brillo no surge de sus ojos, se queda con ella, punzante, dispuesto a derrotarla. Silencio absoluto. Pasan unos segundos, atisba unas toses contenidas, murmullos, casi insultos. No va a soportarlo. La gente espera, se aburre, se abanica. Suelta el brazo, libera la presión y el arco rueda por el suelo. Alguien silba. No puede más. Se yergue, toma el *cello*, y lo arroja contra la duela, un estrépito en *fortissimo*. Las páginas de la partitura vuelan, se deshojan y caen desfondadas. Nada le importa, ni el ruido ni el pánico; dobla el atril y lo convierte en una espada que hiende en el instrumento una y otra vez, como en el vientre de una bestia. Las cuerdas estallan, la madera se desgaja y se astilla, se vuelve informe. Incapaz de detener la furia, hace girar los restos del *cello* y, con todo el peso de su cuerpo, lo estrella contra el suelo, inmisericorde, lanza los trozos contra los muros y las butacas, y por fin lo devuelve a las tinieblas, entre el griterío de los demonios. Exhausta, se sienta de nuevo, ahogada, con el cuerpo distendido. Todo ha terminado. De pronto, el silencio. Suelta el brazo, libera la presión y el arco rueda al suelo. Alguien silba. Apenas siente el *cello* entre sus piernas, apoyado en la tela negra del vestido, y el incansable aplauso que celebra la más sutil de sus interpretaciones.

Poética

Inicio este relato con una declaración de principios: yo soy un personaje y me dispongo a hablar (mal) del autor de los libros donde aparezco.

Reconozco que el procedimiento es poco novedoso –a diferencia suya, no uso gafas de carey ni chalecos de lino para dármelas de genio–, pero no es mi culpa haber sido creado por un mequetrefe que, tras haber conseguido quién sabe con qué oficios el premio Esfinge, piensa que puede echar mano de los recursos de Cervantes o Unamuno solo porque figuran en la última novela de Cesar Aira.

Para saber a qué clase de individuo me refiero, bastaría con echarle un vistazo a su currículum (que retoca cada mañana antes de bañarse):

Santiago Contreras (Texcoco, México, 1971). Escritor e influencer. *Realizó estudios de Derecho y Antropología antes de tomar la decisión de dedicarse por entero a la literatura. Ha participado en más de un centenar de concursos literarios nacionales; sin embargo, su primer reconocimiento vino del extranjero, cuando en 2005 recibió un accésit en el premio de cuentos Ciudad de Alcorcón, siendo el primer latinoamericano en obtenerlo. A este le siguió, un año después, el premio Juan Rulfo por su relato «Conjeturas sobre el doctor Arístides Kapuchinski», publicado por la editorial Sin Tinta (Toluca, 2007)*[1].

Es autor de los siguientes libros: Escupiré sobre tu tumba *(Libros del Papagayo, Texcoco, 2014) y* ¿Puedo ir al baño, por favor? *(Cuadernos Cruzados, Xalapa, 2015), correspondientes a su primera etapa narrativa, y de las novelas* La musa del juego *(Joaquín Mortiz, México, 2016) y* Teoría de las mujeres *(Tierra Adentro, México, 2018), que señalan el inicio de su madurez creativa. Próximamente, Páginas de Espuma publicará en México y España* Enrabiados, *libro merecedor del Premio Esfinge.*

Ha sido becario cuatro veces del Fondo Nacional para la Cultura y las Artes (hasta que el gobierno lo desapareció). Aunque se declara enemigo de las clasificaciones, se le considera uno de los escritores emblemáticos de su generación. Actualmente prepara su autobiografía en Instagram y escribe aforismos diarios en el Pajarraco Azul.

---

1. El Ciudad de Alcorcón fue uno de los 527 certámenes censados en la *Guía de concursos y premios literarios de España*. Se concedía por primera vez. En cuanto al otro, en México existen tantos premios que utilizan el nombre del autor de *Pedro Páramo* como continuadores del realismo mágico. En esta ocasión, valga la pena aclarar que se trataba del premio Juan Rulfo de Relatos sobre Aviones, patrocinada por la (hoy extinta) Mexicana de Aviación y la cervecería Corona. *(Nota del Personaje).*

Yo, en cambio, ni siquiera tengo nombre. O, en otro sentido, poseo más de los que quisiera: con distintos apelativos, Santiago me ha incluido en siete novelas y una docena de relatos. Cuando se ha mostrado más ingenioso, me ha bautizado como Arístides Kapuchinski o Gilbert O'Sullivan –en un relato sobre la Irlanda medieval–, pero la mayor parte de las veces he debido suplantar a Silvestre Cabrera, Saturnino Corominas, Saúl Camacho y otras variantes de sus iniciales. Pero esto sería lo de menos. Lo peor es que, me llame como me llame, siempre me distingue con la misma personalidad: una combinación, muy poco afortunada, entre lo que Santiago es y lo que ya nunca será. Uno juraría que un autor, cuando se retrata en sus libros, vive existencias que le están vedadas, cumple sus más arbitrarias fantasías y conquista aquellas metas que siempre se le han escapado; no comprendo entonces por qué, texto a texto, sigo compartiendo su misma estupidez.

La anodina carrera de Santiago terminó el día en que, en medio del I Congreso de Escritores Latinxs de la Universidad de Utah, descubrió el cuerpo exangüe de Juan Jacobo Dietrich tendido sobre la moqueta de la habitación que compartía con él. A pesar de que en su *opera omnia* se cuenten más de cuarenta muertes violentas –entre las cuales se incluye un descuartizamiento (que hizo vomitar a su hermana y la condujo a dos años de terapia), varios duelos, una tortura china en homenaje a Salvador Elizondo y una sangrienta autopsia practicada por el impávido doctor Kapuchinski–, en realidad Santiago nunca había visto un cadáver.

Más tarde, en *Enrabiados*, el relato que escribiría para contar la peripecia, me haría describir sus impresiones con un lenguaje frío y seco, influido –según él– por Raymond

Carver: «Lo vi. Estaba tendido en el suelo como una de las *barbies* de mi hermana. Su vientre abierto me recordó a las ranas del colegio. No me acerqué a mirarlo porque detesto manchar mis calcetines de rombos». En la vida real, la escena fue menos glamorosa: Santiago salió corriendo de la habitación y, una vez en la calle, se desmayó en los gordos brazos de Susi Rubalcaba, la autora de *Falos*.

A raíz de su deceso, la prensa descubrió que Juan Jacobo Dietrich se valía de un seudónimo: en su cartera había una licencia de conducir a nombre de Juan Jacobo Reyes que revelaba que el insólito apellido no era más que otra de las manías filogermánicas del cuentista. Mientras tanto, el rijoso médico estadounidense que acudió al lugar de los hechos no tardó ni dos segundos en confirmar que, a causa del veneno, su próximo libro –en caso de haberlo– debería llevar un cintillo con el lema «póstumo».

Santiago y Juan Jacobo habían sido compañeros desde la secundaria, donde se conocieron gracias a un concurso literario. Su escuela, administrada por hermanos maristas, no se caracterizaba por su amor a las letras, pero había conservado un premio de cuento que, decían con orgullo, había ganado Carlos Fuentes. La leyenda era, de hecho, más ampulosa: el joven Fuentes, que aparece en los anuarios de la escuela con la tez lampiña, una gafas anchas y una imagen de santidad que tardaría poco en perder, no se había contentado con ganar el primer sitio, sino que, con tres *nommes de plume* distintos, se había hecho con las tres medallas. Aunque entonces Santiago era un chico tímido, de los que se sientan en las últimas filas de la clase, era altivo y soberbio: no iba a conformarse con emular la hazaña del autor de *Aura*, sino que se proponía ridiculizarla. De este modo, envió diez relatos al concurso, dispuesto a ganar los diez primeros lugares. Casi logró su propósito: el día en que se anunció el fallo, se enteró de que sus narraciones habían ocupado del segundo al undécimo puesto; un desconocido, de nombre Juan Jacobo, le había arrebatado el primero.

En «La virgen y la serpiente», uno de aquellos pinitos literarios, Santiago me hizo nacer como personaje con la intención de que yo encarnase, en una bella alegoría, todos los padecimientos históricos del pueblo mexicano (que, por desgracia, se parecían demasiado a los de un impúber algo neurótico). Pronto le perdoné este desliz: a pesar de su inocencia –o quizás debido a ella–, en aquellas páginas escritas a mano yo poseía una pasión que, ay de mí, he visto disolverse poco a poco. No me malinterpreten: el cuento era malo, *muy* malo; lo triste es que, en mi opinión, sus siguientes textos son peores.

Santiago y Juan Jacobo se volvieron inseparables. En un ambiente dominado por muchachos que triunfaban en el futbol, se sentían los últimos supervivientes de una civilización extinta: los dos eran feos –Juan Jacobo un poco más–, los dos eran vírgenes –Santiago un poco menos– y ambos compartían una extraña afición por los libros de alquimia, las uñas renegridas, los zapatos sin lustrar y las burlas de los chicos normales. Marginados de las francachelas colectivas, pronto se dieron cuenta de que su destino era convertirse en intelectuales. Aquel designio les venía como anillo al dedo: lo único que debían hacer era memorizar apellidos rusos –escritores, directores de cine y amantes de poetas– y tener la capacidad de discernir entre lo *fenomenal* y lo *pútrido*. En aquellos años, lo *in* eran los muralistas, Nicaragua, Fidel y, por encima de todo, ese dios rollizo y tropical que había inventado Macondo; lo *out*, los gringos, el PRI y, en especial, ese demonio rollizo y altanero llamado Octavio Paz (en los años subsecuentes, los elementos se intercambiarían con pasmosa rapidez).

–¿De veras está muerto? –preguntó Santiago.

–Muertísimo –confirmó Susi.

En *Enrabiados*, la escena se transfigura del siguiente modo: Susi se llama Gloria y, en vez de un cutis de rallador de queso, luce el semblante de Maribel, una vecina que jamás venció el asco de besar a Santiago; yo me he convertido de la noche a la mañana en crítico musical y Juan Jacobo, en cantante de ópera. (A Santiago le pareció muy buena la idea de insertar la estructura del drama lírico en un relato). Otros detalles: la reunión de escritores latinxs organizada por la Universidad de Utah se convierte en el montaje de *La fanciulla del West* de Puccini en el desierto de Sonora; y Susi ha perdido la mitad de sus gustos, conformándose con una prototípica –aunque algo arrebatada– heterosexualidad.

Lo que viene a continuación no solo es predecible, sino absurdo: en ese momento, yo, un simple crítico musical que nunca ha salido de sus partituras, me transfiguro, como exigen los cánones del género, en un astuto detective decidido a resolver el enigma del tenor asesinado.

Gracias a mis conversaciones con personajes de otros autores de su generación, he descubierto que en su repertorio solo abundan tres tipos de narraciones: policiales (cada vez más enrevesadas para no parecerse a Pérez Reverte), textos autoficcionales (en donde recrean su aburrida adolescencia) y debates feministas (no opinaré sobre el asunto). Si tuviese que hacer una estadística en torno a los temas de Santiago, las historias de detectives ocuparían un 67 por ciento, frente a un 31 de autorreferenciales y un 2 por ciento de asuntos varios (no figura ningún texto con perspectiva de género). Los sociólogos de la literatura achacan la preminencia del género negro al auge de la violencia en América Latina, aunque yo pienso que, si proliferan los policiales, se debe a la ley del mínimo esfuerzo: basta con llenar el molde, como los malos poetas con los sonetos, para asegurarse cierta credibilidad.

Tras la muerte de Juan Jacobo, Santiago decidió invertir los papeles e imitarme, asumiéndose como un brillante investigador pese a la oposición de la escandalizada *Chair* del departamento de Lenguas de la Universidad de Utah. En *Enrabiado*s me obliga a explicar los motivos de su apuesta con hondura casi dostoyevskiana: «Tenía que hacerlo».

–Para mí que Juanjo era gay –añadió Susi, acariciándose el caracol que se había tatuado en la nuca.

–¿Y eso qué tiene que ver? –preguntó Santiago.

–En Estados Unidos la mitad de los crímenes son cometidos por motivos raciales y la otra mitad por cuestiones de género. Elige.

La lógica de Susi era apabullante: no por nada había sido capaz de describir un desternillante catálogo de penes –muchos de ellos de escritores, tanto famosos como desconocidos– en el libro autobiográfico que la convirtió en la autora más vendida del año.

En su primera novela, *La musa del juego* –escrita durante las dos febriles semanas posteriores a su descubrimiento de Paul Auster–, Santiago ya me había obligado a representar el papel de un Sherlock Holmes improvisado, esa vez bajo la identidad del detective Saymour Compton, en un escenario que me llevaba de Brooklyn a Ciudad Neza. Allí, yo seguía un plan cuidadosamente trazado: *a)* identificaba el cadáver (un estraperlista que, ¡vaya coincidencia!, había estudiado conmigo en la primaria); *b)* reconstruía la escena del crimen; *c)* elaboraba una lista de sospechosos (entre los cuales se hallaba la *femme fatale* que se convertiría en mi amante); y *d)* entrevistaba uno a uno hasta que, en un último golpe de suerte, identificaba al criminal.

Cuando decidió investigar la muerte de su amigo, Santiago no recordaba este esquema, pero su instinto literario lo llevó a seguirlo con una minuciosidad que hubiese sorprendido al propio Auster. Los primeros pasos estaban prácticamente concluidos –nadie dudaba que Juan Jacobo estaba bien muerto y el crimen se había consumado, como todos sabían, en la habitación que este compartía con Santiago–, de modo que hubo de comenzar por el punto *c)*, la lista de sospechosos.

Si bien la intención de Ms Ellen Cunningham, la *Chair* del Departamento de Lenguas Romances de la Universidad de Utah, había sido convocar a la crema y nata de la intelectualidad latinx, el escaso presupuesto la había obligado a conformarse con quince autores publicados en editoriales independientes, los cuales, a pesar de las interminables rondas de *bourbons*, costaban menos que una conferencia de Isabel Allende. Además, podía sentirse orgullosa de contar en su *staff* de profesores con la Dra. Liza Saavedra, una norteamericana que, sin bien apenas balbuceaba el español de sus padres colombianos, era la máxima autoridad mundial en literatura *underground*, conceptual y ecofeminista.

El espectro de posibles culpables no era, pues, muy amplio. Pero, si ustedes hubiesen tenido oportunidad de mirar los rostros de los invitados al encuentro, admitirían la posibilidad de un crimen colectivo. Los trece asistentes que quedaban vivos (Santiago excluido) eran obvios criminales en potencia: dos peruanos que solo escribían novelas negras en las que el asesino siempre era un oriental; una dramaturga argentina; tres cuentistas venezolanos; tres colombianos expertos en neogótico; un exclusivo grupo de poetas conformado por una uruguaya, una chicana y un dominicano; dos críticos (evidentemente alcohólicos), una novelista neoporno (Susi) de México; y, en fin, un narrador oral costarricense.

Las trayectorias literarias de Santiago y Juan Jacobo comenzaron a bifurcarse al salir de la preparatoria. Dietrich, que ya había empezado a firmar en alemán, más aventurado o irresponsable, decidió estudiar filosofía, en tanto que Santiago, con más sentido común, osciló durante algunos meses entre las profesiones de su padre y de su abuelo: los anfiteatros de la Facultad de Medicina y las aún más sórdidas aulas de Derecho, a donde ingresó. El resultado fue obvio: mientras su amigo se rodeó de una panda de inexpugnables poetas puros y amantes de la literatura mitteleuropea, él se convirtió en un precoz exponente del *dirty realism*, la segunda vuelta de la Onda, la resaca de la movida española y la literatura-vómito, con las respectivas dosis de sexo, drogas y *rock'n'roll* que cada una de estas corrientes exigía a sus cultivadores.

Entonces su amistad era aún más poderosa que sus divergencias estéticas y, contra todo pronóstico, fundaron un nuevo movimiento literario, al cual denominaron Generación *Kaboom*. Tras una intensa labor proselitista –que incluyó la redacción de un manifiesto–, al grupo se unieron dos jóvenes promesas de la literatura mexicana de entonces: Paco Palma (Ecatepec, 1973), ahora preso en la cárcel de Cerro Hueco, Chiapas, y Clementina Suárez (Jiquilpan, 1974-Morelia, 1996), fallecida prematuramente. A pesar de la incomprensión de los críticos, en especial de Jacinto

Tostado, quien se refirió a ellos como «Cártel del Golfo de la Literatura», sus consignas eran claras: luchar a brazo partido contra la autoficción.

Tras integrar su relación de sospechosos, Santiago inició las pesquisas, auxiliado por la siempre gentil Susi.

—Tas pendejo, güey —le dijo ella—. Sí, cómo no, muy machín, muy gallito, yo investigo y ustedes se callan, putos. Tú aquí no pintas nada, papito, estos pinches gringos no van a dejar que metas tus nalgas en el asunto.

Santiago estaba decidido: copiando mi papel de tipo rudo, se presentó en uno de los bares que rodeaban el campus y, tal como esperaba, se encontró con la silueta enteca de Jacinto Tostado, quien hasta entonces no había asistido a ninguna de las sesiones del encuentro. «Si ya sé que son una mierda, ¿qué necesidad de oír sus ponencias», le decía a los dos borrachos con los que compartía su erudición. «Un vaso de *bourbon* es más inteligente que cualquier cosa que hayan escrito esos mamarrachos». Intrigado, el barman le preguntó si había leído las obras de esos escritores latinx. «Ni muerto», respondió Jacinto y, en un súbito arranque de generosidad, invitó otra ronda.

En *Enrabiados*, el diálogo entre los dos personajes se desarrolla como sigue:

—¿No lo habías dejado? —le pregunté a Giaccinto Brucciato para incomodarlo.

—Veta a la mierda, Cameron —me respondió con sus ojos de anguila.

—¿Te has enterado de lo de Turchini?

—Una lástima, ¿no? El tenorcito muerto. Y una mierda, Cameron.

—¿Puedo preguntarte dónde estabas ayer por la tarde?

–Aquí, tragando esta porquería. Pregúntaselo a mis amigos –y las socarronas bocazas de sus compañeros de juerga se abrieron como las puertas del infierno.

Como ustedes habrán deducido, queridos lectores, mis semejantes, mis hermanos, Santiago se limitó a alterar un poco el episodio original:

–¿No lo habías dejado, Jacinto?

–Ni loco, amigo. Solo así se soporta una mesa en la que intervienes tú.

–¿Te enteraste de lo de Juan Jacobo?

–Una lástima, ¿no? Pobre. Y una mierda, Contreras.

–¿Puedo preguntarte dónde estabas ayer por la tarde?

–Cogiendo con Susi. Pregúntaselo si quieres…

Una espesa sombra de rivalidad se había instalado entre Juan Jacobo y Santiago por culpa del crítico. En efecto, este escribió en una reseña que la prosa del primero era «una mezcla de Joyce y el Pato Lucas» (un comentario decididamente ambiguo), mientras que, al referirse a Santiago, no habían quedado dudas de su opinión: «El peor escritor de su generación y varias antes y después». Con esta frase, liquidó al movimiento *Kaboom* para siempre: aunque trataran de ocultarlo, la amistad entre sus fundadores jamás volvió a ser la misma.

–Escuché por ahí que estabas peleado con ese nazi –le reprochó Susi a Santiago.

–Tonterías.

–¿Entonces por qué estás tan obsesionado con esto, Santi? –odiaba que lo llamara así–. ¿Qué más te da?

Como si se tratara de una respuesta directamente importada de *Enrabiados,* Santiago respondió: «Simplemente, debo hacerlo».

Contra sus expectativas, los babuinos de la policía estatal de Utah encargados del caso le impidieron entrar en la escena del crimen (tampoco estaba en busca de pruebas: era su habitación y necesitaba calzoncillos limpios). No le permitieron descubrir ninguna huella y le dijeron, en un inglés macarrónico, que los demás escritores andaban muy nerviosos y no era buena idea que Santiago los incordiase con sus interrogatorios.

La distancia entre Santiago y Juan Jacobo se ensanchó aún más cuando este último obtuvo una beca para estudiar en Alemania, donde se proponía escribir unos relatos basados en testimonios de miembros de las SS. Al enterarse, Santiago transformó su envidia en condena moral: «Los nazis, Juan Jacobo, deberías renunciar por dignidad». Por supuesto no hizo caso: en Berlín escribió *También había héroes*, que concitó el aplauso unánime de la crítica mexicana y una traducción al inglés (en Alemania fue prohibido).

La brutalidad del mundo real se introdujo, de pronto, en las investigaciones de Santiago. No se le habría ocurrido ni en el peor de sus relatos: dos días después de la muerte de su antiguo amigo y ante la mirada atónita de los invitados al congreso, dos policías detuvieron a Jacinto Tostado; lo esposaron, lo introdujeron en una patrulla y se lo llevaron a la cárcel del condado. La imagen evocaba una mala película, pero no había entre los asistentes un Tarantino capaz de inventarse un diálogo chispeante para salvar la situación.

—Como el mayordomo, el crítico siempre tiene la culpa —musitó Susi.

Era la menos indicada para decirlo: mientras la mayor parte de los miembros de su generación debió soportar estoicamente los insultos y diatribas de Tostado, ella recibía incontables halagos y mimos de su parte. Y lo extraño es que estos no se debían ni a sus dotes como narradora (más bien nulos) ni a su disposición o falta de ella a conceder favores sexuales: su éxito era uno de esos pequeños misterios que anidan en toda comunidad literaria.

–¿Y por qué haría Tostado algo semejante? –preguntó Santiago.

–La doctora Saavedra halló el móvil –le respondió Susi–. En un cuento que Juan Jacobo se disponía a leer en el encuentro, el narrador homodiegético es, según ella, un trasunto de Tostado.

–No entiendo nada.

–La profesora asegura que Juan Jacobo se disponía a burlarse del crítico en público.

–¡Pero si yo leí ese cuento y el narrador es Himmler!

–Y yo qué voy a saber –concluyó Susana–. Ella es la experta y asegura que, al deconstruir al personaje, se le revelaron los rasgos de Jacinto.

–¿Pues está equivocada! –Santiago se mordió las uñas–. ¡Y tú lo sabes igual que yo! ¡Jacinto no pudo hacerlo porque a la hora del crimen estaba contigo, Susi!

–¿Conmigo?

–Él me dijo que… bueno, que ustedes…

–¿Soy su coartada? –la narradora se rio como no lo había hecho desde que terminó el capítulo de *Falos* dedicado a Octavio Paz.

–Debemos ir a la comisaría… –la urgió Santiago.

–¿Para?

–Tienes que decir la verdad.

–¿Yo? –Susi sonrió de nuevo–. Si lo hiciera, la comunidad literaria no me lo perdonaría. Lo siento. Es palabra contra palabra. ¿Y te confío una cosa? Por malo que sea como crítico, es mucho mejor que...

No necesito añadir que, en *Enrabiados*, esta discusión quedó trastocada hasta volverse irreconocible. Santiago no se sentía tan angustiado desde que terminó de leer la primera novela de Paco Palma (había reparado que era mucho mejor que las suyas y le recomendó guardarla en un cajón).

Decidido a salvar a Tostado, Santiago burló a un guardia, rompió los precintos y se introdujo a hurtadillas en la habitación que había compartido con Juan Jacinto en busca de una prueba que demostrara la inocencia del crítico. Por lo que pudo comprobar, los policías gringos no eran como los mexicanos: todo seguía en su lugar –es decir, en el desorden previo al homicidio– y la única novedad era la cinta que dibujaba la silueta de su amigo en el piso. Quizás porque no entendían español, o porque les importaba tan poco la literatura latinx como a Ms Cunningham, los agentes habían olvidado revisar los papeles de Juan Jacinto esparcidos por doquier. En busca de una pista, Santiago los leyó todos hasta cansarse de los uniformes negros, las suásticas, los bigotitos de Charlot y las cruces de hierro que proliferaban en la última producción del occiso.

Por fin, sobre la tapa del WC, encontró lo que buscaba: una hoja suelta, escrita a mano con la disparatada ortografía de Juan Jacobo.

A quien corresponda:
Cuando encuentren esta nota será demasiado tarde, me encontraré ya en el mudo territorio del vacío. Yo mismo me suministré el veneno. ¿Por qué? Me he dado cuenta de que prefiero el silencio. Mas no piensen en la callada vejez de Rulfo, Arreola o Urroz: ellos se dieron cuenta, de pronto,

de que ya nada tenían que decir. Yo, en cambio, he descubierto que nunca lo he tenido. Como dije en una entrevista, solo escribo porque no sé hacer nada mejor. Pero la verdad es que lo hago muy mal. No se culpe a nadie de mi muerte.

J. P. Dietrich

En *Enrabiados,* Santiago copió textualmente esta carta, sustituyendo el verbo «decir» por «cantar» y a Rulfo, Arreola y Urroz por Maria Callas, Giuseppe di Stefano y Rolando Villazón. ¡Santiago lo había logrado! ¡Tantos años de leer y escribir relatos policiacos al fin le servían para algo!

Esa misma mañana, Santiago se presentó en la comisaría. Lo acompañaban Susi (con un escotadísimo vestido magenta), Ms Cunningham y el resto de los escritores latinx (solo la Dra. Saavedra se excusó, convencida de que Santiago pretendía desacreditar sus investigaciones).

—Su Señoría —comenzó a decir en un torpe inglés, aunque se dirigía a un simple celador—. He venido a impedir una injusticia mayúscula. Ese hombre —señaló a Tostado, quien desde su detención permanecía bajo los efectos de la resaca, incapaz de entender de qué se le acusaba— es inocente. Así es, señoras y señores del jurado, *inocente.*

(Y luego dicen que no hay influencia de John Grisham en la nueva narrativa latina).

—¿Qué diablos está diciendo? —preguntó el celador.

—Juan Jacinto Tostado será un miserable crítico de quinta, un hombre que vende su pluma al mejor postor, un mercenario y un canalla, pero él, señoras y señores del jurado, no asesinó a Juan Jacobo Reyes (a) Juan Jacobo Dietrich.

—Ah, ¿no? —se escuchó a coro.

–¡No! Aquí tengo la prueba –y comenzó a agitar la hoja de papel en las barbas del celador.

–¿Qué es eso?

Santiago respondió con esa voz enérgica y firme que debió usar Zola al esgrimir su *J'accuse!*

–Mi confesión –exclamó y, tras una pausa, añadió–: Yo maté a Juan Jacobo Dietrich.

Si en ese momento yo hubiese podido salir de los mohosos libros que me aprisionaban, lo hubiera abofeteado. Por desgracia, tales empresas en el mundo real me están vedadas: soy un simple personaje y, como se enseña en las primeras lecciones de teoría literaria, nunca hay que confundir a un personaje con una persona. Solo ahora, al acercarme al final de este relato, creo comprender: quizás solo por eso ha valido la pena escribirlo. El diálogo que sigue es, pues, doblemente imposible: no tiene que ver ni con mi realidad ni con la realidad de Santiago y, por tanto, tampoco con sus ficciones o las mías. No es más que un sueño. El eterno sueño de la literatura:

–¿Por qué lo hiciste, Santiago?

–¿Matar a Dietrich?

–Los dos sabemos que no fuiste tú. Encontraste aquella nota suicida, ¿no es verdad?

–Quizás sí y quizás no. Como has dicho, solo tú y yo sabemos de ella.

–¡Te han echado treinta años de cárcel!

–Los mismos que a ti, querido amigo. De ahora en adelante compartirás tus días con los personajes de Revueltas y Solzhenitsin. ¿No te parece apasionante el crecimiento que te espera?

–No te entiendo.

–Solo mírate: ve cuánto has crecido en las últimas semanas. Antes eras como yo, solo que disfrazado del doctor Kapuchinski, de un crítico musical o de mí mismo. Ahora, en cambio, eres un *buen* personaje. Autónomo, lleno de matices y de vida. Jacinto Tostado ha escrito que eres el mejor detective de la literatura latinx reciente.

–Te lo debe: no se puede confiar en sus juicios.

–De acuerdo, pero reconoce que por primera vez tienes cosas valiosas qué decir. ¿No es lo que siempre anhelaste? ¿No te quejabas de ser tan estúpido y vacuo como yo mismo? Ahora eres astuto, perverso, temeroso, sutil, triste, inocente y criminal a la vez, un personaje redondo.

–¿Engañaste a todo el mundo para convertirte en escritor de verdad?

–Me sobreestimas, querido personaje. Nunca pensé que ocurriría. O al menos no lo tenía planeado. Nuestro éxito ha sido un consuelo adicional.

–¿Y entonces?

–¿No me conoces? No podía permitir que se convirtiese en una leyenda. ¡Un literato que se suicida en una universidad gringa? ¿Cómo decía su nota? *El mundo territorio del vacío.* ¿No te jode? Un Jorge Cuesta, un Raymond Radiguet, un Kurt Cobain latino. No, amigo mío. Ahora ya nadie se acuerda de él. *Nadie.* ¿Lo oyes? ¿Y sabes cuántas tesis y *papers* se están escribiendo y publicando sobre mí? ¿Cuántos reportajes, biografías, ensayos, películas, series y libros habrá en torno a Santiago Contreras, el escritor asesino? No podía darle ese gusto a Juan Jacobo. Simplemente, no podía.

Nota final

Le agradezco a Raissa Pomposo haberme compartido la historia que, transmutada en ficción, dio lugar a *Irreversibilidad*. Una versión antediluviana de *Atonalidad* se publicó en 1992, gracias al crítico Luis Mario Schneider, con el nombre de *Pieza en forma de sonata*. Y una versión predigital de *Poética* apareció en la antología *Líneas Aéreas* (Lengua de Trapo, 1999). Cualquier otro parecido entre los relatos de este libro y la realidad es culpa de esta última.

JV

Esta primera edición de
Enrabiados
de Jorge Volpi
se terminó de imprimir
el 1 de marzo de 2023